魅丽文化
飞言情工作室

爱我请举手

不再年轻又怎么样，

要知道，

在这个世界上，

你最珍贵。

飞言情工作室　编

图书在版编目（CIP）数据

爱我请举手 / 飞言情工作室编 . — 南京：江苏凤凰文艺出版社，2019.9
ISBN 978-7-5594-0301-8

Ⅰ . ①爱… Ⅱ . ①飞… Ⅲ . ①故事 – 作品集 – 中国 – 当代Ⅳ . ① I247.81

中国版本图书馆 CIP 数据核字 (2019) 第 178568 号

爱我请举手

飞言情工作室 编

出 版 人　张在健
责任编辑　张　倩　王　青
特约编辑　何　进
装帧设计　黄　梅
出版发行　江苏凤凰文艺出版社
　　　　　南京市中央路 165 号，邮编：210009
网　　址　http://www.jswenyi.com
印　　刷　湖南新华精品印务有限公司
开　　本　787mm × 1092mm　1/24
印　　张　12
字　　数　126 千字
版　　次　2019 年 9 月第 1 版，2019 年 9 月第 1 次印刷
书　　号　ISBN 978-7-5594-0301-8
定　　价　39.00 元

目录
CONTENTS

part 1 / 001
暗恋是一场心酸往事

part 2 / 044
未经允许，擅自特别喜欢你

part 3 / 095
后来的我们，没有在一起

目录

CONTENTS

part 4 / 154
前任这种生物

part 5 / 191
特别的爱给特别的你

part 6 / 241
以自己喜欢的方式过一生

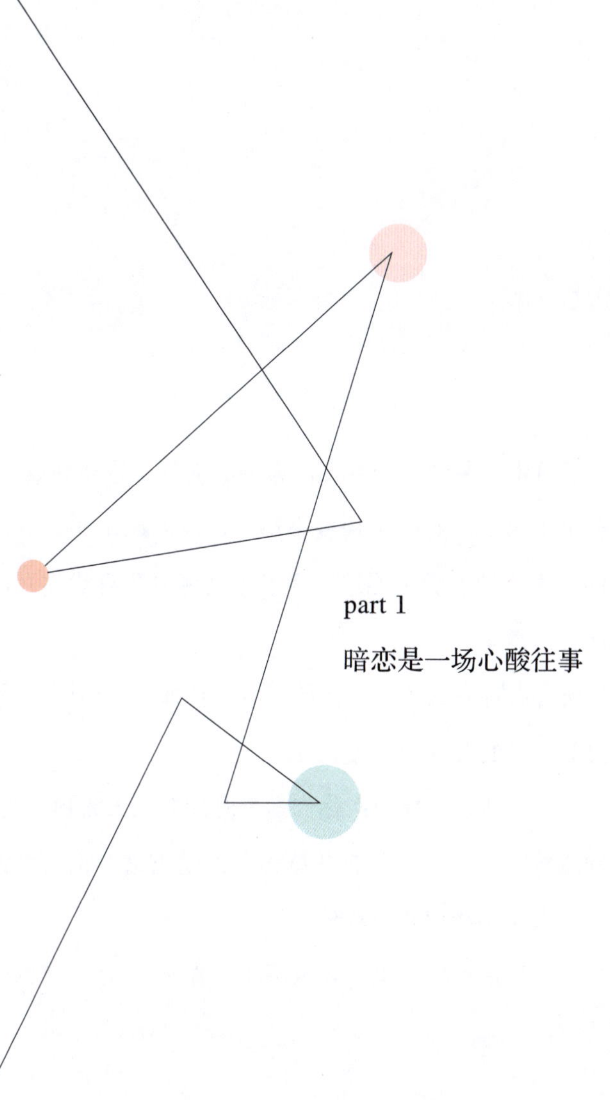

part 1

暗恋是一场心酸往事

你有勇气告白吗?

文 / 大熊

今天看了日本一所学校天台告白大会的视频，感动到数次哽咽。

其中有个小男生，看起来瘦瘦小小的，迎着风站在天台上，对着下面自己喜欢的女生，扯着嗓子连续咆哮了十几遍“我喜欢你”，看得我老泪纵横，直接哭出声来。

并不是所有人都有这个勇气，敢当着全校师生的面向心爱的人告白。

这么勇敢无畏的青春啊，可真好。

之后，我在言情组里提问：你们学生时期向别人告白过吗？

五分钟尴尬的沉默后，只有冬菇一个人跳出来，说：“告白过呀！但是被拒绝了，人家不相信我喜欢他。”

也是，如果我是那个男生，我也不相信你。

哪有在课间拉住对方，附在人家耳边告白的。这让我不由想起了容嬷嬷一边扎针，一边附在紫薇耳边说话的狰狞样子。

很多人喜欢选择在愚人节这一天告白，因为即使失败了，也可以当成一个小玩笑，不会尴尬到没有退路。

以前大学的班上有个男生，暗恋他的同桌，鼓起勇气在愚人节这天向她告白。

没想到，同桌居然红着脸答应了！

男生愣在原地，估计是被这个出人意料的结果吓到了，匆匆忙忙丢下一句“我开玩笑的”就跑了。

然后，他就失去了一个同桌。

也有很多人选择了沉默，总觉得只要不对喜欢的人告白，那就还是有机会的。

我表哥就是这种人，暗恋女神好多年，眼见着女神换了一任又一任的男朋友，他只能在旁边急得抓耳挠腮。每次怂恿他去告白，他总说：“不了，万一她拒绝我，那以后连朋友也做不成了。”

今年的情人节，女神终于又恢复单身了，他也终于鼓起勇气，向大家请教要怎么告白。

大家聚在一起，为他出谋划策。其中，某个刚“脱单”的朋友分享了自己告白成功的经验——

他：我考虑了一下，我不想和你做朋友了。

女生：啊？为什么呀？

他：因为，以后我想做你的男朋友！

女生：那行吧。

大家忍不住为他的机智鼓掌，并让表哥也照样儿试一试。

表哥兴奋得手都抖了，颤颤巍巍地编辑了一条微信给女神：我不想和你做朋友了。

过了一个小时后，女神才回：好。

场面一度十分尴尬。

表哥不死心，想做最后的挣扎，又编辑了一条微信发过去：我想做你的男朋友。

信息刚发出去，系统就显示：你已不是对方好友，请先发送好友验证请求。

行吧，赶尽杀绝了。

虽然我说的两个人的告白事迹都不是什么正面例子，但我依然佩服他们的勇气。反正，我肯定是不敢开口的那个。

人的一生中，总有付出真心而得不到回报的时候，但是被伤了以后也要记得让自己尽快高兴起来。

就如黄伟文说的：纵然生活上诸事不顺，还是得保持自己可爱。

假如，你现在站在天台上，下面站着所有的老师和学生，还有你喜欢的人，你有勇气大声向对方告白吗？

饭很好吃，你很好看

文 / 大熊

一到中午吃饭的时间，办公室里就一片哀号，“中午吃什么呀”成为很多同事的一大难题。

对梅子来说，这不算个事儿，因为她自己带便当。

这天办公室的人都出去吃饭了，梅子站在微波炉前面热便当。

江沅捂着胃，拿着一个杯子来倒水。他凑近微波炉，鼻子使劲嗅了嗅：“好香啊，你在哪儿买的外卖？”

梅子不好意思地说：“这是我自己做的便当。”

江沅有点惊讶，现在会自己做饭带便当的女孩子很少见了，不由得多看了她几眼。

梅子性格偏内向，进公司快一年了，这居然是他们第一次对话。

“好厉害啊。”江沅由衷地发出感叹。

梅子看着他掏出两颗药，问他怎么不去吃饭。

江沅叹了口气，说：“肠胃炎犯了，他们中午去吃川菜，我吃不了，准备吃两颗药，再叫个外卖算了。”

梅子轻轻地把自己的便当推过去，迟疑地开口：“其实……我早餐吃多了，现在还很饱，不介意的话，你要不要吃这个？”

江沅嘴上说着“这多不好意思啊”，身体却很诚实，毫不客气地全部吃完了。吃完后他满足地擦擦嘴，再次感叹：“你做的饭真好吃，恨不得给你交伙食费天天吃。”

“好啊。”梅子脱口而出，随后尴尬地解释，“反正我每天买的菜也够了。”

江沅以为，这只是一句玩笑话，没想到隔天梅子真的给他也带了一份便当。

他有点受宠若惊。

其实，梅子已经暗恋他大半年了，能给他带自己亲手做的便当，不知道内心多么雀跃。

她当晚就列好了这一个月的菜单，保证每天不重复。

之后的每一天中午，等大家都出去吃饭了，他们两个就坐在茶水间的桌子上吃便当。

经过梅子的精心制作和摆盘，这个小小的便当盒里，暗藏着她内心的小窃喜。

梅子喜欢坐在他的对面，一边吃，一边偷偷观察他喜欢吃什么菜。

梅子学偶像剧里的告白桥段，特地在米饭上面用黑芝麻拼了一个爱心。

芝麻是梅子用镊子小心翼翼夹上去的，为此她差点拼出了斗鸡眼。

隔天，看江沅吃完便当，她假装淡定地问："今天的便当怎么样？"

江沅满意地点点头，从牙缝里剔出一颗黑芝麻，说："今天黑芝麻好像放得有点多。"

梅子心虚地咳了一声，江沅连忙解释："但是你做什么都是最好吃的。"

这句话，让梅子红了脸。

周五快下班的时候，梅子收到江沅的短信——下班后一起吃饭，有事想和你说。

直到吃完饭，江沅也没说是什么事，只说给她看个好玩的微博。

梅子有点失望，接过手机一看，顿时惊呆了——这个微博记录的，居然全都是梅子做的便当，并附上了详细的"吃后感"。

每条微博的最后一句都是“谢谢你，梅子”，最近一条是中午发的，不过后面多了一句话：谢谢你，梅子，你能做我女朋友吗？

梅子又惊又喜地看着江沅，江沅从桌子下拿出一束花，期待地看着她。

“我希望，以后的每一天，都能吃到你亲手做的便当。”

梅子接过花，幸福地点点头。

从此爱的人都像你

文 / 大熊

YY 在微信老友群里约饭，说今天要带着新男友出席。

第二天群里的人几乎都来了，都带着一颗八卦的心。

A 小声地说："希望 YY 这次交往的男朋友不要像前任那么'渣'啊！"

说到 YY 的前任，大家的评价都是：这个人除样貌好一点之外，其他表现真的太"渣"了。

比如吃饭的时候，从来都是 YY 细心地给男生烫碗筷、夹菜，从没见男生主动给她做过什么。

有次 YY 在倒水，手一抖，洒出来一点。

那可是开水啊，YY 穿的又是短裙，所以她忍不住喊了一声疼。

男生在旁边不慌不忙地夹着菜，还说她：“看你笨的。”

那杯水是倒给他的啊！

吃完饭后，男生坚持要去埋单，这让我们对他的印象稍微好了一些。

可等他埋单回来，我们发现他手里拿的是 YY 的钱包。

他晃着钱包对 YY 说：“钱包里没钱了，在网上叫个车来接我们吧，你可以用微信支付。”

YY 毫无异议地摸出了手机，开始叫车。

他们走后，剩下的人又开始讨论，YY 这回交往的对象是一个“渣男”。

也有人说，可能私下里，男生对她不是这样的。

YY 漂亮的闺密跳出来：“才没有！第一次见面后，他从 YY 那儿加了我的微信号，大半夜发他的自拍照给我——没有穿衣服的那种！我没敢告诉 YY。”

我们忍不住替 YY 可惜，一朵鲜花插在了牛粪上，并默默祈祷他们快点分手。

“牛粪”同学没让我们失望，没多久，他就跟学妹好上了，被学妹的男朋友发现并暴打了一顿。

我们纷纷安慰 YY，说和这种“渣男”分手，没什么好难过的。

YY 说：“我不难过，我只是可惜。”

“可惜什么？”

“唉，那么细长的小腿，说打断就被打断了。”

“啊？”

我们问 YY 到底喜欢他什么。

YY 伸出细长的手指，一样一样地数道：“他高啊，有一米八呢。他眼睛大、身材好，尤其小腿细长，跑起来特别矫健。”

“停！”YY 的闺密跳出来打断她的话，问，“这不是你的初恋吗？”

情况是这样的，高三快毕业的时候，两耳不闻窗外事的学霸 YY，在某个炎热的午后，抱着一沓书从篮球场旁边走过，居然对场上那个白背心少年犯起了花痴。

因为天气炎热，男生索性脱掉了白背心，古铜色的肌肤在阳光下发亮，细长的小腿跑起来特别矫健，看得 YY 心里小鹿乱撞。

突然而至的情窦初开。

可惜没几天就高考了，她还来不及打听男孩姓甚名谁就毕业了，只好带着遗憾进入大学。

从此，她喜欢上的人都跟他有相似的地方。

可是，世上没有一模一样的人，找来找去都只是曾经喜欢的那个人的影子而已。

大家正说着，YY 就带着新男友进来了，大家的目光都放在她这个新男友身上。

A：“咦？他没有一米八吧。”

B：“他的眼睛还没我大吧。”

C：“天哪！他的小腿和我的大腿一样粗。”

我们的讨论声越来越大，YY 咳嗽了几声都不管用。

她的新男友却毫不在意，问服务员要了一杯温水，然后轻轻地递给她。

我们问 YY 是不是受前任刺激了，新男友明明不是她喜欢的类型。

YY 笑着回答道：“我不能一辈子活在一个虚幻的影子里，影子再美也只是一个影子，光本身才是最重要的。”

她看了一眼旁边在给她剔鱼刺的男人：“而他，现在就是我的光。”

♡ ◯ ↗

倒追，请注意!

文 / 小锅

有一阵子微博和朋友圈都被科比的消息“刷屏”了，从来不看篮球的我，差点以为科比去世了。

有个女生在朋友圈里伤感地发了一条动态：科比退役了，我的青春也随之退役了。

下面立刻有人不屑地回复：你连篮球和排球都分不清，还说科比是你的青春。

我想，应该是爱科比的那个人才是她的青春吧。

想起曾经有过好感的一个男孩子，他是科比的狂热粉丝，经常逃课出去看 NBA，就叫他“小科”吧。

我为了跟他有共同话题，买了一堆篮球杂志，当着他的面假装看得津津有味，尽管里面的球员在我看来，每个人的脸都一模一样，唯一的区别只是有些脸很黑，有些脸白一点。

直到现在，我依然记不清科比长什么模样。

他经常来我这里借篮球杂志看，一来二去，我们就熟识起来。他常常拉着我聊他们篮球界的事，最后以“世上只有一个科比”的感叹结尾。

其实我一句都听不懂，只能带着痴呆的微笑不停点头，内心潜台词是：他说的都是些什么东西，怎么办，我笑得这么傻会不会露馅。该死哦，他笑起来怎么这么好看哪……

有一次他又准备逃课，被我一把揪住，他压低了声音，说：“这次的比赛对科比很重要，不看我会遗憾一辈子，你千万不要举报我。”

我也压低了声音说：“要去就带上我，不然我立刻告诉老师。”

成交！

然后我们俩就愉快地找了个小酒吧看球赛了，还点了一打百威啤酒，要是科比投篮成功就开心地碰一下瓶子大喝一口；要是科比没投中就生气地碰一下瓶子大喝一口，为了泄愤。

回去的路上，我兴奋得整个脑袋都是晕的，不小心被迎面走来的人撞了一下肩膀。撞得不是很重，但是撞人的男生一句道歉也没有就走了。小科一把抓住对方的胳膊，装出一副凶巴巴的样子，逼男生跟我道歉。

天哪，我简直要被这种男友力迷得腿软了。

后来一次看球赛，趁科比投进一个球他正高兴，我含羞带怯地对他说“我喜欢你”时，他兴奋地脱口而出：“我喜欢科比！”

“什么？”

我，一个大写的蒙。

俗话说得好，我不会这么轻易地离开。可是，跟他接触的时间越长，越发现两个人的性格其实并不合适。

比如，我有时候会在篮球杂志里夹一些小纸条，上面写一些说不出口的话，想等到他看杂志的时候翻开，就会充满惊喜。可是这个“瞎子”一翻开杂志就只晓得看科比，什么小纸条啊，估计我夹本字典进去都会被他忽视。

再比如，他给我发的信息我几乎都是立刻回复，但是我给他发信息，往往等我看了半本书，追完了电视剧，刷完了淘宝再一觉醒来后才能收到，因为他在看球赛。

这种不平衡的状态最后让我对他彻底断了念想。

两个人相处，如果只是单方面在付出，双方的付出和回报相差太多，那无论多喜欢，到最后这段感情就会变成一个人在死撑。

幸好我及时醒悟。

虽说世上只有一个科比，但是世上也只有一个我，不是吗？

希望所有还在这种不对等关系里苦苦挣扎的你们，也能及时抽身。

我来到你的城市

文 / 菜菜

前几天，P 小姐在微群里发了一张截图，问我们认不认识截图上的这个人，说这个人一直加她的微信，知道她的名字，但又不说自己是谁。

P 小姐的暴脾气一上来，直接跟对方开骂。

好久没动静的班级群，顿时闹腾了起来，各种调侃 P 小姐，什么信息泄露啦，暗恋你的某个人啦，你的老情人啦……怎么劲爆怎么来。

但是没过一会儿，我收到 P 小姐发来的一条私信：我无语了，那个人是我的初恋。

哦，没想到，还真是老情人找上门了。

接着，P 小姐跟我说初恋找她是想跟她复合，说他在 P 小姐的城市，想见她。而 P 小姐表示，现在已经有个对她穷追不舍的人了，初恋还跑出来凑热闹，她快要招架不住了。

我想，如果我在她身边的话，一定会揍得她满地找牙，毕竟她的初恋对她真的太好了。

“最近桃花运很旺嘛！”我说。

“桃花运旺有什么用呢，他们都不是我心里想的那个人啊。我听别人说，‘男神’现在在北京，真好，他在北，我在南，永远走不到一起。”

P 小姐难得矫情一次，来了个大爆发：“以前他总嘲笑我个子矮，是不是就因为我腿短，所以才追不上他。”

这个人，大概就是 P 小姐命里的劫吧。

其实说起来都是一些烂俗情节，他是 P 小姐在社团里认识的学长，P 小姐对他一见钟情；而学长心里有自己的“白月光”，直到他毕业回家乡都没有回应过 P 小姐。

我问过她是否后悔遇见那个人，可是她说：“不，遇见他，是我最大的幸运。”

这个回答也在意料之中。

我想，一个人一生中大概很难遇到一个自己爱的人，遇见了不好好珍惜，似乎有点说不过去。

我想起那天在火车站送走学长的那一幕，P 小姐哭得撕心裂肺，说以后再也见不到他了。那种伤心欲绝的表情是我从来没有见过的，路上的行人纷纷注目。

这大概就是年轻的好处吧，也大概是爱情的奇妙之处，能让人为之疯狂，毕竟我认识的 P 小姐可是个小太阳呀。

之后的一整个学期，P 小姐每天跟我发消息说学长今天干了什么、去了哪些地方，学长去电视台实习了，学长去见了“白月光”……

我受不了现在的 P 小姐了，没有一点光彩。我说要不我们去青海湖吧，去他的家乡看看，这样你就能见到他了。

P 小姐立马决定买票，考完试就走。

就这样，我们踏上了去青海的火车，整个车厢的人都是去旅游的，只有P小姐，坐了一天一夜的火车，将近1900公里，只为了去那个城市见一见他。

可是最后，P小姐还是没能见到他——我们到西宁的时候，他正好不在青海。

上天似乎总是喜欢跟P小姐开玩笑。

后来，我们也跟那一车厢的人一样，最终不过是到此一游。

在门源油菜花田拍照的时候；在祁连大草原看牛羊满山坡的时候；在茶卡盐湖玩盐巴的时候；在青海湖边吹着风的时候……P小姐都笑得一如既往的灿烂，就像我们真的是来旅游的一样。然而在塔尔寺的经幡前，P小姐还是哭了：“他跟我讲过塔尔寺，说离他家很近，坐公交车半个小时就到了，还说等我到了西宁就带我去塔尔寺玩。可是现在，我在这里，他又在哪里。”

离开西宁的前一天下午，P小姐一个人出了门。

她走过西宁大大小小的街道，有从网上搜索到的，也有从他口中听到的。她把他可能走过的地方都走了一遍，最后，她去了他的初中学校，只是因为偶尔听他提起初中的时候，遗憾自己没能跟他一个学校，错过那段她完全没有参与过的时光。

P 小姐的青海之行，就像蔡康永在书里写的那样：如果我想你了，就翻两座山，走五里路，去牵你的手。

不知道 P 小姐还要翻过多高的山峰，走多长的路，才能走到那个人的身边呢？

♡ ◯ ↱

时光绕不过你

文 / 花花

大白说一想到自己未来和一个异性为了一点小事矫情闹别扭甚至一哭二闹三上吊的样子，她就觉得头都大了一圈。

所以，她不想谈恋爱。

但是有句话是这么说的：每一个说不想谈恋爱的人，心里都住着一个不可能的人。

她也是。

从大一开始，大白就暗恋她的发小。

那个男生高高白白的，学习和运动都还不赖，刚好又长得像许多人理想中初恋的样子。

为了他，大白几乎做了所有暗恋的人都会做的傻事——假装偶遇、假装很闲。

那时候的平安夜流行送苹果给自己亲近的人，大白买了一个，精心包好后又怕小心思被发现，又买了一箱小苹果，给班上的同学一人发了一个。

直到他从盒子里摸出那颗最红、最大，明显和其他人不一样的苹果的时候，大白的心几乎都要跳出来了。

然而他直到吃完苹果把核扔到垃圾桶了，也没有多说一句话。

大白松了一口气的同时，隐隐有些失望，这种情绪很矛盾——她怕他发现自己心里的小九九，又怕他发现不了。

晚上回家，大白为了跟他多相处一会儿，每天都编出一堆想要买的东西，假装刚好在他家附近。虽然每次都要被他说一句“你是傻吗？你家那边超市难道没有？”但大白每次都乐呵呵地忍受了，然后屁颠屁颠地跟在他身后。

大白有时候忍不住想，自己这么拙劣的演技是不是早就被对方看透了。但有时候又觉得，也许她表现得其实也不是很明显。

要不然，他为什么会没有一点反应呢。

后来大学毕业，大白和他考上了同一所大学的研究生。

虽然是旧相识，但大白和他在学校里直接被划到了两个世界——他还是那个上进、聪慧，被导师看好的优秀学生；而她开始赖床，上课迟到，考试只求及格。

大白没事就想着法子缠他，而他则永远有做不完的课题。

两个人眼看着就要渐行渐远了，大白终于在室友的鼓舞下，趁着愚人节给他发了一条告白短信。

小心翼翼到她自己都有些恨铁不成钢。

然而对方却连看都没仔细看，当成愚人节恶搞短信，一字不差地复制下来又发回给了她。

大白看到后哭笑不得。

再后来，大白学会了“旁敲侧击”，骗他说自己被家里人逼着相亲了，问他要不要假扮她的男朋友跟她回家。

那个时候的大白还满脑子都是小说里的桥段，比如他会抱着她小声说：“我不介意假戏真做……”

然而还没等大白从脑补的画面里退出来，一盆凉水就从头上泼了下来——他说他恋爱了。

大白还被邀请去帮忙策划他的告白计划，眼睁睁地看着两个人在欢呼声里拥吻。

回去后的大白整整哭了一晚上，第二天红肿着眼开始倒数他们什么时候分手。

然而真的分手了，她又心疼了。

朋友说，在男孩子失意的时候，只要一直陪伴他，就最容易走进他的心里。然而大白努力了这么久还是学不会如何“乘虚而入”。

他举办婚礼的时候，她还是去了，看着新郎在台上对新娘深情表白：“每一次听到你的名字就忍不住在人群里找你，每一次和你相处，心脏就像小鹿似的怦怦乱跳，连手都不知道放哪儿才好……”

大白听得眼泪都快掉下来了，原来暗恋里最难过的事情是，你喜欢的人在用同样的心情喜欢着另一个人。

之后的两年，她从看着他在朋友圈发结婚照到后来看着他变成“晒娃狂魔”……

单恋失败的大白终于放弃了，她青春的前几年用尽力气去暗恋一个人，后几年则努力去忘记那个人。

后来她总说，爱情这东西，等它想要来的时候，一定会来的。

只是在那之前，她的心里还藏着那个永远都不可能的人，就连时光也绕不过的人。

岁月长，衣衫薄

文 / 纪十年

我们每天都会听到两套说辞，一套告诉我们：车到山前必有路；另一套是：不撞南墙不回头。一套是：兔子不吃窝边草；另一套是：近水楼台先得月。一套是：宁死不屈；另一套是：能屈能伸。

久而久之，我们也许都会分不清楚，究竟哪一套才是对的。

曾经有人跟我说，宁愿做过后悔，也不要因为没做而遗憾。

更早以前，我的青春里，某一次看天、看云、看他时，我也感慨过：如果人生没有遗憾，那该多无聊呀！

为了让自己过不那么无聊的人生，我藏起对他的心思，闭口不提。

你喜欢一个人有什么表现？

我的朋友们太有话语权了，她们说：给他买早餐；给他做饭；给他带零食；打球时，守在操场边，给他送水。

我呢？多年前，我喜欢他时有什么表现？

我躲了起来。

许多人都不理解，说：小十年，你躲什么呀？他来了，你为什么要跑？他的生日礼物，你怎么不当面送过去呢？

因为怯意吧。

某一年的除夕夜，我和朋友见了一面。

我们在江边喝酒，走了很远的路，聊了很久的天。说起青春时，说起那段感情，我用了多年前一模一样的措辞，我回答了“为什么”——因为他是特别好的人，好到站在他面前，我就觉得自己很糟糕。好到这些年，我努力学习，拼命生活。

真的，我以为我已经是很不错的人，然而，出现在他面前时，还是被打回了原形。

你也许不会懂这种卑微的自尊心吧。

后来，我也曾经遗憾过，遗憾青春里始终没有勇敢地出现在他面前。

● ● ●

所以，我笔下的每一个少女或美丽或平凡，或成功或渺小，一个个都怀揣一腔孤勇，那不是在文档里勾勒的单薄的人设，那是我的遗憾啊。

我会想，如果我拥有一个重新开始的机会，我会怎么做呢。可是，人生没有重来。

他在大洋彼端念书，念着很不错的学校，交往了一个很不错的女友。我见过他们的合影，在朋友圈。

他在状态栏里写：到了米兰，又下雨了。

我当时觉得动容。

相隔万里，她还是追去了异国，也许就为了见他一面；也许，他们要一起念书了；也许，他们会结婚吧，在遥远的某天。可是，光想起会有那一天，我就觉得很难过。

这种难过不是因为你喜欢的人不曾看你一眼，更多的是，你都没有试试看。

年少的喜欢，喜欢的少年，遥远得像是一场梦。

在这场梦过后，我也爱过几个人，我也开心过，也曾伤心失意过。

他呢？他重新回到了单身。

你以为故事会很圆满吗？

我多想告诉你，我依旧喜欢他。我想像俞绵绵，像李小疯，像小鲸鱼一样，爱上了谁，就直接冲上去，看着他的眼睛，大声地说着喜欢。我也多想告诉你，故事的结尾是他一如初见，是记忆里穿着白 T 恤衫的少年，依旧出类拔萃，纯净如水。

可是，不是这样的，我不能骗你。

我出现在他面前了，以现在的姿态。可是我发现，他孤独，他迷惘，他已经不知如何去喜欢一个人了。爱情之于他，像是狩猎，也像是儿戏。

我跟朋友说了这一切，朋友沉默了良久。

她说：你怪他吗？

不，不怪。

因为我更多的是想弥补曾经的遗憾，因为，我也不够诚恳。

♡ ◯ ↱

会枯萎都只因收过花

文 / 冬菇

大概是因为爱听 Twins 的缘故，我第一次爱的人也是歌里唱着的“插班生”。他的出现就如同是命运安排一般，像是派了一个人来按下我的恋爱开关。

我跟他是在一个实习机构里面认识的，他长相俊秀，为人开朗，是那种脸上永远挂着开朗笑容的人。

他坐在培训室的最后一排，和我一样是拥有好人缘的那种外向性格。

我打听到这个培训室里有好几个女生都对他有好感，那些比我主动的姑娘得到了第一手关于他的资料，于是我装作好奇的样子去探听跟他有关的事情。

除情史之外，其他事情算是知道了一个大概。

光是从姑娘们的口中去了解他还是太片面了，于是我开始接近他身边的男学员，打着玩《狼人杀》的旗号进入他的圈子，跟他成了最合拍的搭档。

我最初会喜欢他，不过是因为他的脸好看而已，之后接触多了才知道他的博学多才和积极进取。

就像所有能持续的一见钟情那样，我先是喜欢他的脸，之后因为他的性格而无法自拔地一直喜欢他。

那时候的我性格比较男孩子气，看过很多港片，里面的女主角都怀着那种“喜欢一个人，就要和他同步”的心思去接近男主角，我也不例外。

从此，我开始在休息时间借故从他身边经过，用余光去观察他最近又在玩什么游戏、看什么电影，又喜欢上了哪条路上的夜宵……

我还会时常幻想与他有关的一切，除吃饭睡觉参加实习课程之外，就是想他。

一点点细微的交集，都会被我拿来在深夜回味很久。但是我那时还很青涩，并不知道这样做是让自己变成世上的另一个他，这是不对的。

越是相似，成为恋人的机会就越渺茫。

果不其然，我没多久就成了他的“好兄弟”。

我的确成为他身边经常出现的人，但我也再没有机会成为他的女朋友了。这种失落感一直持续到实习期结束，他要离开这个地方了。尽管很不舍，但我也清楚，那才是他该去的地方。

我们最后一次见面是在促使我们相熟的桌游吧里。

这次我们没有玩《狼人杀》，而是玩的《谁是卧底》。毕竟是合作多次的老搭档了，凭借累积多日的默契，我们成功当上全场“MVP”。离开桌游吧之前，他很郑重地跟我告别了，就像个认识许久的老友那样。

我的表白没有说出口，只是说了一些场面话。

他送我回家的路上给我买了一束很普通的满天星，并且对我说：“我等不到你开窍了，你以后对自己好点，别吃那么多外卖，我放了一本菜谱在你的桌子上，记得看。”

他飞快地抱了我一下，动作礼貌得像个兄弟。

我望着他，一眼都舍不得移开，我还在思考着那句“等你开窍”，是不是在我暗恋他的时候，他也喜欢着我呢。可没等我问出口，他就抬手招来一辆出租车，快速离开。

我凝视着那辆车，极为烦闷，滞留在原地。

有时候我在想，到底是自己的理想重要，还是自己的爱情重要。每一次我的选择都是“理想”，因为爱情并不是生活中最重要的东西啊。

不管有没有被他喜欢过，我在这段失败的暗恋里从没看轻过自己，才是更值得我骄傲的事情。

喜欢你，热烈又惭愧

文 / 冬菇

陈晚晚最近很烦，每个周末都约我去她家喝糖水。

她和我一样都是广东人，跟我一样习惯在夏天的晚上喝一碗冰冻糖水，有时候是番薯芋头糖水，有时是椰汁西米露，如果嫌麻烦就是炼奶龟苓膏。

原先她也像我这样懒，若不是因为她喜欢的那个人喜欢喝糖水，估计她也不会重拾这门手艺。

至于为什么拉着我去陪她，而不是找她喜欢的人一起，原因很简单，她和部门的小姐妹喜欢上了同一个人，而她又和人家关系好，自然拉不了面子去抢。

这个傻孩子还跟我炫耀，男生喜欢她多一点，但是又不好意思薄待另一个。

我不忍地打断她说："你不争不抢，还让出位置，再喜欢你又怎么样。被别人热烈追求的时候，还想得起你是谁吗？"

"不会的，T君不是那样的人。"陈晚晚笃定地反驳道。

我至今都记得，当时她捧着碗，笑得胸有成竹的模样。

时间很快就证明了我的看法——T君最终被陈晚晚的小姐妹追到手了，

● ● ●

再也不记得煲得一手好糖水的陈晚晚了。

陈晚晚始终想不明白，为什么会是这样的结果。明明T君暗示过喜欢的是她，怎么可以轻易就和别人恋爱了呢？

我知道后，约她出去吃饭。

这次终于不是温温暾暾的粤菜了，我带她去吃滚烫热辣的川菜。

“其实呢，谈恋爱这件事是要对症下药的。”

陈晚晚喝着啤酒的动作停了下来，哀怨地望着我，回答说：“但是人家同我说过，喜欢的是广式糖水啊。”

“但不见得每个人说的都是自己的真实想法，他嘴上说着喜欢你，其实心里面想要的还是快刀斩乱麻的泡椒凤爪。你呀你，就是少动脑。”

陈晚晚噘着嘴巴，不太开心地说：“就没有不需要动脑的恋爱可以谈吗？”

“可是有些功课，你现在不做，将来还是要补上的啊。现在又不是上个世纪八十年代，遍地都是单纯的恋爱了。人长大了，就该保护好自己的心，别让它轻易受伤。而避免受伤，就得先把脑子武装好。”说出这番话时，我也为自己的总结能力感到诧异。

陈晚晚吃了一粒花椒，面不改色地说：“是不是等到时机成熟，我就可以卸下心防？”

我略微沉吟了一下，卸下心防是好事，但世事如棋局，今天的熟人哪知会不会变成明天的坏人。

斟酌再三，我才回答她：“卸下心防可以，但是不能卸下银行卡的密码。骗感情没关系，骗钱万万不行。”

“放心，我没有钱可以骗。”说着，陈晚晚举杯跟我碰了一下。

没过多久，陈晚晚就恋爱了，带人出来跟我见面，说要我帮忙看看。

我以为她走出伤痛，开开心心赴了约，只是万万没想到，那个人居然是T君。

饭吃到一半，T君出去接电话，我和陈晚晚才终于能私聊了。

“他不是已经和你的小姐妹在一起了吗？”

“你不是说过谈恋爱要‘对症下药’吗？所以我就去‘对症下药’啦，

而不是傻傻地等在原地。你还说要先把脑子武装好，所以我武装好了，才把他拿下的。”陈晚晚一脸求表扬的表情，让我很是无语。

我举起杯子碰了陈晚晚的杯子，说：“祝你们幸福。”

part 2

未经允许，擅自特别喜欢你

♡ ◯ ↱

不好意思，你是我的菜

文 / 大熊

栗子是个追星族。

没有任何贬义的意思，而是我们周围人都见证了她疯狂的追星史。

有次她提着一个蛋糕来公司，我们还以为是周围谁过生日。只见栗子一边打开蛋糕，一边跟我们解释，今天是她偶像的生日，邀请我们一起为她的偶像庆祝。

她不仅给蛋糕插了蜡烛，还逼我们给她偶像合唱了生日歌，最后她满足地吹灭了蜡烛。

这都不算什么，最疯狂的是，她的薪水也几乎都花在了追星上。

她彻底践行了微博上大家说的那种：做一个明媚的追星女子，不倾国，不倾城，只倾家荡产。

她的偶像是一个日本乐队的主唱，一出唱片她必买。

有时候唱片会有不同的版本，但是里面的歌曲都是一样的，只是赠品不同。她会把所有的版本买齐，每个版本一买就是三张。

一张放在枕头底下随时抚摸，一张放在桌上诚心供着，一张藏在床底下精心收藏。

这也让大家重新定义了唱片的作用，原来并不是拿来听的。

为了强制戒掉她这种疯狂的追星行为，大家煞费苦心——每天上网搜索她偶像的行程，一旦确定哪天来中国开展活动，就故意约她看电影、吃大餐，或者参加朋友聚会，想凭借我们之间坚不可摧的友谊，打消她去追偶像的决心，拉她出坑。

这是个好办法，带来的效果也很感人——已经有几个朋友被她伤害想跟她绝交了。

就在大家一筹莫展，准备在朋友间发起众筹给她攒饭钱时，她突然宣布，脱粉了！

原来是她的偶像发布了婚讯，而结婚对象正是她一直看不顺眼的某个女星。

她凄凄凉凉地在朋友圈写下一句：你是我的全世界，最后却变成别人的唯一。

人生啊，遭受越多打击，就越容易对某个东西沉迷上瘾。

对偶像脱粉后，她又开始沉迷手游《阴阳师》，看见谁就递上手机，让人给她抽卡。

好不容易攒的一点钱，也再次岌岌可危。

有次她在星巴克买咖啡，遇见一个金发蓝眼的小哥，硬是追着人家抽卡，高喊："欧洲人给我抽个'茨木童子'吧！"

金发小哥眨巴着长得过分的睫毛，一脸茫然地看着栗子。

栗子失魂落魄地回来，抓住旁人的手说："完了，他就是我的菜。"

是的，我们的栗子小姐对金发小哥一见钟情，把追星和抽卡的劲头都加起来用在了他身上。

金发小哥是个哈利·波特控，栗子就一晚上看完七部哈利·波特的电影，只为了在和小哥聊天的时候，不经意地提起其中一个咒语。

金发小哥中文不好，栗子的英文也很差，基本处在幼儿园水平。可她有决心和毅力，成功忽悠小哥向她学习中文，让两个人的关系更进一步。

我们欣慰栗子终于“改邪归正”。她用她五花八门的方式表达了对生活的热爱，虽然不太靠谱，但这才是有趣又缤纷的人生啊。

荷马史诗《奥德赛》里有一句话：没有比漫无目的地徘徊更令人无法忍受的了。

亲爱的你们，有没有为了一个目标，竭尽全力地努力过呢？

♡ ◯ ↱

千杯不醉女王

文 / 大熊

“吹瓶姐”是我们给她取的外号，一张脸长得楚楚动人，却是千杯不醉的酒量，一张嘴就是：“老板，先来一打啤酒漱漱口。”

很多爱慕她的男生都望而却步，也有不怕死的前来挑战，两场下来，就已经沦落到被人“捡尸”的状态。

她说：“我是一个很有原则的人，只会喜欢喝酒比我厉害的人。”

后来她在某次吃夜宵时，对隔壁桌的男孩子一见钟情。

历经波折终于约到男生吃饭，她换上新买的裙子，化了得体的妆，并请所有人确定过没问题后，才揣着一颗扑通扑通跳不停的心去赴约。

和男生见面后，一切都很顺利，聊得也投机，直到他们点的意面来了。

那是她第一次吃意面，只见男神拿起桌上一个小瓶子撒了点什么在意面上，她不由得好奇。

男生说：“意面上撒点芝士粉会比较好吃。”

她恍然大悟，也拿起桌上一个小瓶子往意面上倒，结果，倒出了一把牙签。

丢死人了，她掩面而逃。

我们听说后狂笑一阵，问那个男生的反应。

她哭丧着一张脸，闷了一大口白酒，撇着嘴说：“我哪还敢看他的反应，估计也觉得我丢人吧！”

千杯不醉女王最大的悲哀就是，原本想借酒浇愁，却怎么也醉不了。

那晚，她喝光了家里所有的酒，要不是我拦着，估计厨房里的料酒都会被她喝了。

最后酒喝完了，料酒又被我锁起来了，她只好盘腿坐在地上，进入东北大妈唠嗑模式——

“我跟你说，他的眼睛可好看了，眼睫毛比我的腋毛还长！

“他的手也很好看！啊，好想被他摸一把脸！

“对了，他还有大长腿，要是能在上面坐一下，我死也愿意！

“还有他的臀，好翘……”

够了！趁她还没说出更不可描述的画面之前，我捂住她的嘴，苦口婆心地劝道：“早点睡吧，睡前喝这么多酒，小心明天起床后肿成猪头。”

“男神都跑了，猪头就猪头吧。”她满脸不在乎。

第二天早上她打开房门就后悔了，并深刻地理解了那句话——今朝有酒今朝醉，明日更丑明日愁。

因为，她的男神，此刻正襟危坐在她家沙发上，看见她开了门，还对她展颜一笑。

吓得她又缩回了卧室。她以为是自己喝酒喝出了幻觉，偷偷打开一条门缝看了一下——妈呀！真是的他。

可她不能出去，此刻的她，披头散发，脸肿了一倍，身上还带着难闻的隔夜酒味，只好打电话向我求助。

我匆匆赶来，上上下下打量他，尽量不看他的眼睫毛，因为忍不住会想到其他东西，而她趁机溜到卫生间梳妆打扮。

我质问他："你，怎么进来的？"

他摇了摇细长手指上的钥匙："第一次见面时她硬塞给我的，还说什么欢迎光临。"

我怒其不争地瞪了一眼卫生间方向，继续问："你今天来，想干什么？"

对方沉吟半晌，说："我觉得她很可爱，我想追她。"

我冲他摆摆手："不用追了，她早对你一见钟情了。"

"猪队友啊你！"卫生间传来咆哮声。

我扭头看他："喂，你的酒量怎么样？"

"一点都不好，一杯倒。"对方摇摇头，竖起一根手指。

"可惜了，她说，她只会喜欢酒量比她好的男孩子，你没戏了，可以走了——"

话还没说完，卫生间的门砰一声打开，只画了半根眼线的"吹瓶姐"像一只老母鸡一样伸开双臂护在男神面前，声嘶力竭："我就喜欢酒量差的！你要是赶走我男神，我就跟你拼酒！"

看吧，很多人都这样，没遇到喜欢的人之前，永远标榜自己很有原则，等真遇见喜欢的人就蒙了，所有的原则统统拿去喂了狗。

男神在后面笑嘻嘻地说：“虽然我酒量不好，但我家里是开酒厂的，我们全家人的酒量都很好。”

此时我看见，“吹瓶姐”的眼睛更亮了。

♡ ◯ ↱

我喜欢你喜欢我的样子

文 / 大熊

曼莉在桌游室认识了一个男生，在银行工作，不似身边那些油腻浮夸的男生，她说他看起来就像一头温顺的小绵羊，反正哪哪儿都好。

起因是他们玩《狼人杀》，曼莉手气不太好，连抽几把都是“平民”，那是一个无足轻重的角色，在玩家无法判断谁是“狼人”时，还会被首先推选出去“杀掉”。

那个男生的手气也不好，每次发牌结束，两个人就会无奈地对视一眼，逐渐生出一股平民间同病相怜的默契来。

两个人私底下的关系也好起来了，偶尔会约出去看电影吃饭。他们之间有种说不清道不明的暧昧，曼莉也从没怀疑过他温柔的眼神。

可是，他一直没有进一步的表示。

● ● ●

那，她要不要主动向他表白呢？

曼莉问遍了身边所有的好闺密，就连去餐厅吃饭，都恨不得让服务员先给她投个票。

综合大家的意见，无非就是分成两派。

第一派的掌门人苦口婆心地说，女孩子千万不要主动表白，男生不会珍惜你的，还很有可能因此而讨厌你、疏远你。

况且，男生要是真的喜欢你，一定会忍不住表白。如果没有，那就不要心存幻想了。

另一派的大当家不服，跳出来说，这也不一定，那个小绵羊看起来就很内向，人家可能只是害羞呢。去菜市场买菜还得赶早去呢，何况是好不容易遇到了喜欢的人。你喜欢一个人还憋着不说，要不要对自己这么狠？

曼莉听来听去，觉得大家说得都非常有道理，可自己依然不知道要怎么做。

当天晚上，她闭上眼睛深呼吸，在心里给自己打气：表白而已，大不了失败了就再也不去桌游室，辞职整容离开这个城市。

她反反复复地打了很久的字，点击发送，可还没一分钟就后悔了，又点了撤回消息。

按照他的习惯，这个时间也应该睡了，不会被看见吧。

第二天大家又在桌游室玩《狼人杀》，他没来。

直到第一把结束的时候，他才匆匆推门进来，说了声“不好意思”，因为昨晚通宵加班，睡到现在才起来。

曼莉的心突然怦怦地跳起来，他不会看到那条信息了吧。

第二轮游戏重新开始洗牌，他拉着发牌的“法官”去一旁耳语了很久，“法官”才回来重新发牌。

曼莉拿起自己的牌一看，果然还是“平民”。

习惯性地朝他看过去，他正喜滋滋地看着自己的牌。

看来这次他抽到好的角色牌了，只有她，依然停留在平民的世界里。

曼莉叹口气，在“法官”说“天黑请闭眼，预言家请睁眼”的时候，失落地闭上了眼睛。

突然，觉得嘴唇一凉。

她被吓得睁开眼睛，眼前的他正眉眼弯弯地笑着看她——

我早就想这样做了，抽到“预言家”，然后睁开眼睛来吻你。

不管你是什么身份，我都会保护你到最后。

谢谢你喜欢我，其实，我也喜欢你。

♡ ◯ ↱

苏苏的七国男友

文 / 大熊

苏苏曾经大放厥词，她要凑齐七国男友，召唤真命天子。但是她本人连英语三级都没过，我猜她英语词汇量还没有小锅多。

不过，也没什么影响。

记得我刚回国的时候，苏苏在和一个韩国的长腿小哥交往，急吼吼地带来见我。

长腿小哥的腿果然很长，那天我坐在原地没动过。为了挽回一点面子，我一脸端庄地对她说："亲，我还是第一次看见这么单的眼皮呢。"

苏苏一脸"我不在乎"的表情，兴奋地说："你不知道，他可浪漫了！"

根据苏苏的形容，这几天她就像活在韩剧里，那种肉麻得令人头发麻的台词和深情款款的眼神，长腿小哥随随便便就能演绎。

正好，苏苏喝了一口卡布奇诺，嘴角沾了奶油。我正想提醒她擦擦，只见长腿小哥倾身上前，伸出大拇指轻轻地抹了抹她的嘴角，一脸宠溺地笑着说：“小傻瓜。”

我和苏苏一起打了个哆嗦。

一个月后，她和长腿小哥分手了，顺便在路边捡了个英国小哥。

我震惊了，这也有得捡？

苏苏咯咯咯地笑得像只老母鸡：“还要多亏了长腿小哥。”

那天，长腿小哥说是他们的一百天纪念日，特地准备了玫瑰花和高级法餐，非常有格调。可是苏苏正好来月经，口味变得特别奇怪，只想吃麻辣烫。

长腿小哥急了，一百天纪念日怎么能去街边吃麻辣烫呢。

月经在身的苏苏才不管那么多，起身就走，却一把被拽住。她回头看长腿小哥，眼眶已经泛红。眼看自己又要变成韩剧女主角，苏苏突然觉得好腻味，随手抓起桌上的蒜蓉吐司塞进他的嘴里：“我不想演韩剧了，我要吃麻辣烫！”

● ● ●

走出餐厅好一会儿，苏苏才发现身后多了一条尾巴，还是个外国小哥。

苏苏自觉不是什么貌美如花的仙女，便一脸警惕地问他，为什么要跟着她。

肤白蓝眸的外国小哥着急地吐出一连串英文，苏苏自然是听不懂居多。

后来总算是听清了“麻辣烫”三个字才反应过来，对方想跟她一起去吃麻辣烫，他很好奇是什么样的料理能让她放弃精致可口的法餐。

这小哥是英国人，那是他来中国的第一天，才吃了一口麻辣烫，他就嗷嗷地表示，再也不想回英国了。

后来，苏苏又带他去吃了一顿正宗的四川火锅，英国小哥的嘴唇被辣成了两根火腿肠，

吃完后当场提出要和她交往。

后来我在苏苏家里见到了这个吃货，她在厨房忙碌时，英国小哥还时不时地看一眼厨房。我心下了然，安慰他：“别担心，她做的料理虽然不好吃，但吃了不会死。”

小哥激动得脸都红了：“好吃！她做的每道料理都超级好吃，她是我

的女神。”

我甚是意外，以为苏苏厨艺见长，直到吃了一块红烧肉——这肉，甜得快掉牙了！

可是回头看英国小哥吃得津津有味的样子，觉得他们俩简直就是天生一对。

我打趣她：“现在你还继续集齐七国男友，召唤真命天子吗？”

苏苏说：“以前我从来没认真想过，自己喜欢什么样的人，想跟什么样的人在一起，所以才想多试几个。但是现在发现，只要对的人出现的那一瞬间，之前的所有想象都只不过是自以为是。”

旁边的英国小哥已经吃完一碗饭，苏苏起身给他装饭，眼睛里满满都是幸福。

这次，苏苏可能真的召唤出了真命天子。

我爱你，从此一去不返

文 / 大熊

在分手的第二天，小唐约了他的前女友果果出来看电影。

这是分手前就约好的事，一起去看新海诚的动画电影《你的名字》。

电影院门前，小唐忐忑不安地等着，直到看到果果本人出现后，心里才松了一口气。

她戴了美瞳，洗了头发，化了妆，仔细闻，还喷了一点他前几天送她的小雏菊香水。

看果果启动了豪华见面套装，小唐放心的同时不禁感叹：女人啊，你的名字，叫行走的人民币。

进去坐下时，大银幕上还在播广告片，小唐撑着脸侧着看果果，开始回忆，昨天他们是怎么分手的。

哦，好像是果果哭喊着说“你根本配不上我”。

自己一时热血涌上头，脸红脖子粗地大吼一声：“那就分手吧。”

想到这里，小唐有点生气，责怪地瞪了她一眼。

果果感受到他的目光，皱了皱眉，觉得莫名其妙。

到影片高潮时，女主慢慢忘记了男主的名字，只剩下掌心男主写的“我喜欢你”，这时周围有不少抽泣的声音。

小唐也吸了吸鼻子，非常自然地接过果果递过来的纸巾——嗯？

突然反应过来，逞强地说：“我只是有点感冒了。”

“嘴硬。”果果再没看他一眼，继续一颗接一颗地吃着爆米花。

小唐擤了擤鼻子，又开始回想昨天更早之前的事——

当时他充值买了新的游戏礼包，喜滋滋地对果果炫耀抢到的限量版皮肤。果果却眯着眼睛问他，这个月在游戏里充了多少钱。

他犹犹豫豫地开口，说出的数字气得果果立刻卸载了他的游戏。

接着他们就大吵一架，果果哭着说出了那句话。

电影结束后，小唐假装深情款款地看着果果，轻声问出剧中的经典台词：“请问，你的名字是？”

果果翻了个白眼，冷笑一声：“叫娘就行。”然后背着小包，踩着高跟鞋嗒嗒嗒走了。

小唐急忙跟上去，狗腿地在前面开道，回头问她：“这位娘娘，待会儿有空一起吃个夜宵吗？”

果果说：“这位公公，你忘记你昨天把我甩了吗？”

小唐说：“您看，您老人家的豪华见面套装总不能浪费了吧。您回去这一卸妆，就是上百块钱哪。”

果果扑哧一笑：“那走吧。”

烧烤摊上，小唐沉默地喝完一瓶啤酒，才闷闷地开口：“对不起，果果，我确实配不上你。”

果果嗤之以鼻，拍拍他的肩膀："恭喜你，终于认清自我了。"

"我自私，不思进取。我们在一起的这几年，你在努力变得越来越好，我却一直安于现状，在原地踏步……"小唐又喝了一杯，下定决心一般，开口，"我想过了，我会戒掉游戏，努力做更好的自己，成为你值得依靠的对象。那么，你还愿意给我一次机会吗？"

果果歪着头看他："愿意啊。不给你机会，以后怎么报这次被甩之仇呢？"

小唐：真好，他找到了爱人，从此一去不复返。

♡ ◯ ↷

购物狂小姐的异想世界

文 / 大熊

她是我见过最爱购物的女生，在手机支付功能还没普及的时候，她就想在家里装一个 POS 机，这一举动立刻让她成为大家口中的变态购物狂。

著名的“包包不要钱”理论她很早之前就跟我们说过了。

意思是，比如买一个奢侈品牌的包要一万块，假如她准备用五年，平均每年就是两千块，每天只要五块多，每小时只要二毛二，每分钟一分钱都不到，相当于这个包就不要钱了。

我数学不好，当时听她这么一算，我差点都相信了。

在一次朋友的生日派对中，她对 X 先生一见钟情，倒追了一阵子，X 先生却一直反应淡淡的。

在后来的聊天中，购物狂小姐得知 X 先生特别喜欢的一款限量版球鞋就要上市了，而且是他最喜欢的偶像亲手设计的，只是这款球鞋并没有在中国地区销售。

购物狂小姐知道机会来了，她利用自己多年购物累积的经验及人脉，历经波折，终于托人买到了鞋，并亲自送到 X 先生面前。

X 先生惊喜交加的表情让购物狂小姐非常有成就感，当晚就收到 X 先生约她一起吃饭看电影的邀请。

他们在一起后，朋友圈里经常是他们在各地旅游的照片，今天是日本，过几天又去了韩国。

两个都是穿衣打扮很有品位的人，不管是合影，还是单人照，拍得简直像时尚杂志里的插图，所以底下评论全是手动再见的表情。

后来她的闺密约她逛街都不太容易了，闺密说她见色忘义，她支支吾吾地说，最近手头有点紧，改天再约。

闺密 A 说，你怎么会手头紧，几万块的球鞋，你说买就买了送给 X 先生，我们都羡慕死他了。

闺密 B 说，你们俩每个月都出国旅游，看起来也不像是缺钱的人嘛。

购物狂小姐说不过闺密们，只好出来赴约。大家都在买东西的时候，她却破天荒地只是在一边看看。

有一款新上市的香水，她反复拿起来闻了几遍，看出来很喜欢。导购小姐也在一边说，这款香水别的地方都卖断货了，这可能是全长沙仅剩的一瓶了。放在以前，购物狂小姐早就掏出了信用卡，可这回她却只是笑笑，放下了。

闺密们觉得事情严重了，几经逼问，购物狂小姐终于吐露实言。

自从她和 X 先生在一起后，两个人经常出国吃喝玩乐。她觉得 X 先生是个有品位的人，所以衣食住行她都是挑最好的来，即使她工资不低，这样的高消费也让她有点扛不住。

她叹口气说，我说不出去吃路边摊的话，而且他穿着几万块的球鞋，坐在路边摊肯定觉得很尴尬吧。

闺密 A 说她，死要面子活受罪。

刻薄归刻薄，闺密 A 买下那瓶香水塞到她手里，语重心长地说，如果一个人爱你的时候，连去吃个路边摊都叫没品位的话，那就是不爱了，根本与你怎么表现无关。

闺密 B 也说，东西是拿来用的，人才是拿来爱的，你不要搞反了。

购物狂小姐当天回去就和 X 先生摊牌了。没想到，X 先生也长舒一口气说，我也是这样想的，再这样花下去，我都准备拍卖我的球鞋了。

两个人在电话里哈哈大笑，顿时觉得轻松很多。

购物是让我们开心的事情，千万不能让它变成了我们的束缚。

要知道，这个世界上，你才是最珍贵的。

♡ ◯ ↗

这条路，陪你一直走下去

文 / 大熊

世间大部分爱情，都是在一场莫名其妙的冲突后拉开帷幕的。

大风在街尾开了一个小小的酒吧，因为他那条三寸不烂之舌，还挺受女孩子欢迎，当然，也不排除他长得帅的缘故。

大风这个人，心眼不差，只是嘴特别贱，看见女孩子就喜欢逗两句。

那次，进来一个问路的小姑娘，眼睛大得吓人，乍一看还有点像台湾某大眼女明星，就连她说话的声音都是娇滴滴的台湾腔。

大风热情地凑上去，详细地跟她说了该怎么走。

可过了一会儿，大眼妹又回来了，气急败坏地指着大风："你这大哥咋这样坏呢！你说的路根本不对，我走到后发现那里是个厕所！"

台湾腔一秒变成东北腔。

旁边的朋友一边安慰大眼妹，一边责怪大风：“姑娘别生气，他就这毛病，见到姑娘就喜欢调戏两句，特别是你这么漂亮的。”

大眼妹还是气呼呼地瞪着大风，大风却一脸无辜：“我发誓没骗她！亲，你不会是个路痴吧。”

没想到，大眼妹理直气壮地承认了：“对啊！”

大风哭笑不得，说：“算了，看在你这么漂亮的份儿上，风哥亲自带你过去吧。”

这一带，就带成了女朋友。

当然，还是不排除他长得帅的缘故。

金童玉女，天造地设。

他们一在朋友圈秀恩爱，大家就嫉妒得咬牙切齿。风平浪静过后他们也开始有了争执和冷战。

今天，两个人又闹起了冷战。

起因是大风和店里的女客人聊得不亦乐乎，留下大眼妹一个人坐在收银台各种翻白眼。后来女客人开始亲热地搂着大风的肩膀自拍，大眼妹忍不住摔了一个杯子，那可是大风一直视若珍宝的古董杯。

大眼妹不知道这杯子如此值钱，心里有些后悔了，但是碍于面子，又气他之前的行为随便，拎着小包就气呼呼地走了。

大风也是气得不行，就没有立刻追出去。事后他做了自我检讨，觉得自己的行为似乎挺过分的。

但为时已晚，大眼妹当晚就在朋友圈发了声明，表示单方面开除大风。

大风满不在乎地说："没事，我给她发个红包就好了。"

可在微信连续发了十个大红包，她都没有打开，大风开始绷不住了。

冷战这种事啊，表面都是若无其事，其实心里早就乱成一锅粥了——

"她怎么还不来找我说话？

"她是不是不爱我了？

"不行，我不能往坏处想，她可能只是出车祸了呢？"

正急得不行，大眼妹给他的微博发来私信：傻瓜，你女朋友在你家附近迷路了！快去找她，再哄哄她，就会原谅你了！

大风真的像一阵风一样出去了，后面有人喊老板结账也不管了。

他们这样冷战过好几次，但是每次总有一方会先开口说话，给对方找好台阶下，所以很快就会和好。

当然，依然不排除他长得帅和她长得像台湾女明星的缘故。

毕竟，看看脸，气就消了一半吧。

都说，在一起久了，就没有那么多爱了。可爱是需要经营的，两个人一起成长，一起探索彼此未知的美好，这才是最好的爱情。

大眼妹去古董市场淘了整整一天，重新给大风买了一个杯子。只是她这个路痴，半天都找不到出口，想问路人，可大家都行色匆匆，没几个人搭理她，只好打电话给大风。

大风赶到的时候，她可怜兮兮地抱着杯子蹲在垃圾桶边上，说：“这下好了，惊喜没了，反而又给了你一次英雄救美的机会。”

大风牵起她的手，一脸温柔：“这种机会，我不介意多给几次。”

“那我考虑考虑。”

“你这个路痴，有什么资格考虑！”

“我是路痴又怎样，不是有你带我走出去吗！”

“这条路，我希望能一直陪你走下去。”

“我同意！”

♡ ◯ ↗

你若盛开，清风自来

文 / 大熊

阿莱过完生日的第二天，就被家里逼着相亲，今天已经是这个月的第四次了。

他一坐下来，女孩的介绍人就像被打开了某个开关，开始细数起女孩的优点，整整持续了一个小时。

阿莱倒也配合，一边认真听，一边频频点头，说："很好，很好。"

介绍人一看有戏，终于停止她慷慨激昂的陈述，对女孩使了个眼色，就找借口离开了。

单独剩下的两个人静静地喝了五分钟的茶，女孩儿终于先开口了——

"阿莱，好久不见。"

他们第一次见面是三年前，在一家单人火锅店。

每桌只有一个位置，桌和桌中间还贴心地挂了布帘隔开，一个人吃饭也不用介意别人的眼光。

他吃完的时候听见布帘那边隐隐传来鼻子一抽一抽的声音。他想，她可能是遇上什么难过的事了吧。于是在起身去结账的时候，默默地把半包纸巾从布帘下推了过去，小声说：“别哭了。”

他觉得此刻的自己，肯定迷人得一塌糊涂。

结果那边布帘子一掀，露出一张清秀的脸，鼻头还是红的，眼神却清明得很，没有一丝悲伤藏在里面。

她讶异地说：“大哥，我没哭，我只是被火锅辣到了！”

这下他尴尬了，刚才还觉得自己像个礼貌的绅士，当下立刻成了一个滑稽的小丑。

女孩举着筷子对他晃了晃，问：“你要不要一起吃？”

阿莱摸了摸已经圆滚滚的肚子，毫不犹豫地坐下来，道：“那就一起吃吧。”

然后自己手动拆除了中间的门帘，又点了一份套餐。

那天，他是扶着墙出去的。

时隔三年，曾经以为再也不会见面的两个人，又坐在了同一张桌子上。

阿莱清了清嗓子，不自然地开口："你过得怎么样？"

女孩的脸突然变成一副要哭的样子，撇撇嘴，说："不好。"

"你别哭啊，都是我不好。"阿莱急急忙忙去找纸巾，却听见对面传来扑哧一笑，"你还是这么喜欢给人递纸巾啊。"

看阿莱疑惑的表情，她说："你是不好，但我也做得不好。"

三年前，他们因为半包纸巾认识，接着顺其自然就在一起了。可是热恋期还没过去，阿莱就被派到外地工作，半年才能回来一次。

有人说，异地恋总是特别艰难，或许关怀和温暖鞭长莫及，但冷漠和疏离却可以翻山越岭。

她觉得阿莱不考虑她的感受，半夜三更还和女同事一起加班。

阿莱觉得她无理取闹，这是工作的安排，又不是他一个人能决定的事。

明明一个拥抱就能解决的问题，却能打电话吵一个小时。

故事的开头很美好，可惜就这样烂尾了。

时间是最好的偏方，怀念也使人变得柔软，两个人可以心平气和地聊起过去。

她感慨，说：“我那个时候太不自信了，才那么患得患失，找你吵架，辛苦你了。”

阿莱也说：“那时候我一头扎在工作上，没顾你的感受，我也做得很不好。”

她说：“不不不，是我太任性了。”

阿莱说：“不不不，是我太‘渣’了。”

最后，她忍不住做了停止的手势，说：“求你，别再逼我吐槽自己了。”

临走分别的时候，阿莱叫住她，真诚地说：“介绍人说你的那些优点，我发自内心地同意，你现在自信的样子真的很美。”

她笑笑："我也觉得。"

"还有最后一句话想对你说，"阿莱说，"从头到尾，我只给一个女孩子递过纸巾，不知道她以后还需不需要我递纸巾。"

"她要。"女孩儿笑着对他伸出手来。

你是我情之所钟

文 / 花花

小柯是个很普通的男生，有缺点，会冲动，不知道怎么表达，只会笨拙地用自己的方式对喜欢的人好。

他觉得，那就是喜欢。

但是那个女孩子好像并不怎么领情，他的付出都像石沉大海，从来没有一点回应。

我们问他这么折腾自己是为了什么，他总是腼腆地笑一笑。

有时候实在烦得很，他就会一个人躺在操场中央不说话，没人知道他在想什么。

小柯后来知道女生不喜欢被打扰，就经常一个人默默地跟在她身后，偶尔遇到流氓地痞，他也会跑出来吓走他们，然后讪讪地跟她说一句“不好意思，我刚好路过”，然后连一句谢谢都不敢听，就灰溜溜地走了。

他会偷偷打听她的喜好，默默记下她无意中提到的喜欢的东西，在她生日的时候偷偷买下来用快递的方式匿名寄给她。

他喜欢她，喜欢得小心翼翼，甚至有些偷偷摸摸。

毕业的那天，他正忙着打听她会去哪个城市，却被她直接堵在了宿舍门口。

她告诉他，她已经有男朋友了，希望毕业后他不要再去打扰她。

小柯愣愣地点头，直到人走远了才回过神来。

之后的一年，小柯果然没有再去打扰她，在我们都以为他已经放下了的时候。

那个女生被劈腿了。

小柯听到消息后，当时没有任何反应，直到第二天他才一个人悄悄地坐车去了那个男人常去的酒吧，上去就给他狠狠地来了一拳。

然而寡不敌众，最后被打得半死的却是他自己。

但是他一句也没跟那个女生多说，回来处理完伤口，笑着跟我们说，他总算解恨了。

之后，小柯就再也没追过人。

后来他的公司来了一些新人，一个小姑娘被安排坐在小柯的边上。

那个姑娘很外向，一来就冲着小柯笑，眼睛弯弯的，像月牙。

小柯发现新来的实习生总是很忙，每次加班都能看到那个小姑娘在旁边翻阅资料。她很喜欢喝咖啡，每回加班都会顺便给他泡上一杯。

有时候回家晚了还会邀请他一起去吃夜宵，令他惊讶的是，她点的菜刚好都是他最爱吃的。

三月的时候小柯请了年假去重庆旅游，刚下飞机还没摸清路线就撞到了一个人，刚想说抱歉，待看清对方的脸后愣了一下。

竟然是那个新来的小姑娘。

“好巧，你也请假来重庆？”小柯看了看她不怎么多的行李，笑着问她。

对面的人连连点头，说自己是来看望亲戚的。

“这么说，你对这边很熟咯。”小柯问她，“刚好我来旅游，有什么好玩的地方推荐给我吗？”

小姑娘抓了抓头发，支支吾吾，憋了半天也没吐出一个字，小脸涨得通红。

其实她哪里有什么亲戚要看望，她只是想跟在他后面，偷偷走他走过的地方。但是不巧，刚下飞机就被撞到了。

小柯笑了，他再迟钝也明白了——那小姑娘喜欢他。

只是他不知道的是，她从很久以前就偷偷喜欢他了，在他还在默默追着另一个女生的时候。

在他看不到的地方，她总偷偷地看着他。

刚来公司的时候，她内心雀跃，忍不住冲他笑。每次工作做完了，她也会假装很忙碌，留在公司陪他加班。

她知道他喜欢的口味，一上来就点了好几个他爱吃的菜。听到他要旅游，她也连忙请了假，连东西都来不及收拾就跟了过来。

“对不起，未经允许就偷偷喜欢你。”两个人玩了一天，临上飞机前，小姑娘终于鼓起勇气对他表白。

小柯笑了笑，伸手拉住她的手，手指交叉握在一起，小声说：“没关系。”

我们总是偷偷喜欢某个人，小心翼翼，为他欢喜悲愁。但是回过头你会发现，也许有个人也在偷偷地喜欢你。

♡ ◯ ↱

何日再心动

文 / 长木

刚吃过晚饭，就看见好友群中一片叹息的表情。

往上翻了翻消息，原来小桃今年的第六次相亲又无疾而终。她只说了个结果，还没来得及说过程，下面七八个损友已经开始各自伤春悲秋，追忆起了情史，估计都吃了晚饭在消食，闲的吧。

正准备插话进去，小桃发了一条私信过来：“我今天相亲看见他了！”

小桃年岁跟我一样，没到非结婚不可的年纪，但没对象还是会被家人催着相亲。

小桃的妈妈似乎更着急一些，今年还没过半已经安排了六场相亲。她性子软，每次都答应她妈先去看看，结果却都不太如意。其实有两个我看着还行，也不知道他们没进一步发展的原因。

小桃似乎急于分享今天的相亲所见，好几条消息夹着表情砸了过来——

“我今天相亲看见他了！胖了一点，穿了我喜欢的那种风衣，看着挺年轻的。他好像还没结婚，以前戴的戒指不见了……”

趁着小桃打字的间隙，我回了一句：“所以呢？”

她花了点时间才回过来：“所以，我又心动了。”

“他”是小桃的初恋学长，小桃表姐的同学。

挺俗套的暗恋史，小桃在表姐的同学聚会上看见成绩好、性格好、外貌又帅气的学长当然会春心萌动了。她要了学长的地址，时不时寄个信，打个电话。寒暑假又跟着表姐参加同学聚会，一场不落，一来二去也就熟了。

按照常规的发展，这场暗恋会随着小桃的成长以及两人联系的减少而结束，但小桃的暗恋明显复杂一些。

我不太清楚详细的过程，只知道学长对小桃应该也有想法。学长读研时还选了小桃的大学，两个人却没有在一起。

听小桃说两个人相互试探了很久，以前没有明说，因为小桃还小，后面又阴差阳错各自有了男女朋友，说了也没能挽回什么，再后来就真的越走越远，很久没了联系。

小桃以前说过，可能她这辈子唯一一次心动就给了学长吧，以后谈的男友再难让她有心动的感觉。可能相处融洽，却没了爱情里心动的美好。

她也说过："算了，这辈子就相亲找个顺眼的人过吧！"

一直以为小桃只是没遇上另一个让她心动的人，结果她又一次为爱心动，却还是同一个人。我大概能懂，毕竟爱情里，心动很珍贵，并不是每一份感情都是心动开始，很多相守都只是相处得融洽。

《迟迟心动》里，陆渊和迟夏也是兜兜转转了很久。虽然两人都是一眼心动，认定了眼前人，但因为不会表达，所以白白浪费了许多时光，还好爱情的缘分没有让两人错过太久。

当然也有很多人在相伴的过程中突然心动，因为爱会让人学会改变，变得愈加美好，变成更适合对方的模样，然后迟迟心动，相伴白首。

小桃一直絮絮叨叨地说着她今天的感受。

我想，她曾经说找个顺眼的人过一辈子是真心的，只是心里也应该有着期待，尝过心动的美好，哪会甘心凑合呢！看着小桃冒着桃心的消息，我回了句：“去问问你表姐，学长现在单身吗。单身的话，就把你今天的心动说给他听吧，别烦我了。”

之后，小桃没回我了，大概是去打听消息了吧。

应该会有个圆满的结局，小说里都是这样。

若美丽的故事来得太晚

文 / 菜菜

那天，大脸组的几个恨嫁女编辑在群里讨论着相亲话题。

起因是冬菇那一阵子天天上天涯论坛刷“相亲十八问”的帖子，可能是被她家母上大人催的吧。

冬菇只差没在《水煮言情》这个栏目做一期相亲话题了，幸亏其他人还没忘记——我们的杂志是《飞言情》，而不是“飞知音”！

我们讨论得正欢快，好久没上线的大熊突然冒泡了，说：“你们实在太坏了！小小年纪就急着相亲嫁人，你们让小锅怎么在这个群里待下去！”

小锅：“你不说，没人记得！”

随后大家无视大熊的话继续愉快地聊相亲话题——相亲时不能忍受男生查户口啊，不能忍受男生年龄比自己小啊，不能比自己矮啊……十年还说自己相亲的时候跟对方一人一句“你好”地尬聊。

说到乌龙相亲，我想起了邻居家的姐姐小乔和她的老公 A 先生。

他们那场乌龙相亲，连我都觉得很尴尬！

他们结婚是因为相亲，可也是彼此的初恋。

小乔姐姐结婚那天还笑着对我说：“谁还不是自家爸妈心中的小公主呢！早知道七年后还是嫁给这个人，当年就应该多行使一下身为女朋友的权利，奴役他！现在倒是便宜了他。”

我笑话她：“要有早知道，还分什么手啊！继续祸害他七年呀！”

所有人都以为他们的感情不过是众多“胎死腹中”的初恋一样，再见面只是微笑寒暄，完全没想到在一个亲戚的朋友的介绍下开始了相亲。

所以说，这个世界小到你一出门就能遇到老情人！

当时的场面非常尴尬，两个人又不能明说：哦，不用介绍了，这个人我认识，这是我的初恋！

说出来不被爸妈揍死才怪。

两人都心照不宣地没提当年做的好事，像刚认识一样简单地自我介绍，然后互加微信，又当着大人的面约好下次见面的时间，继续闲聊……

终于等到吃完饭，家长让两个人出去散散步，彼此熟悉熟悉。

一出门，小乔就炸了，激动地说：“怎么回事？你怎么会是我的相亲对象！”

A 先生也觉得有点玄幻，道：“我还想知道这是怎么回事呢！”

两人就在震惊加发蒙中度过了一个还算愉快的夜晚。

后来 A 先生在送她回家的时候，说：“要不我们在一起试试看？你看七年过去了，虽然早就分手了，可现在我俩还是成了相亲对象，这得多大的缘分啊！老天爷都觉得我们应该在一起呢。”

小乔很嫌弃，说：“那这样我不是很吃亏，你早干什么去了！”

虽然小乔觉得有点吃亏，但最终还是答应了他。

从此两人开始了一场迟到七年的“秀恩爱之旅”，A 先生把当年承诺过她却还没来得及做的事情一一兑现——

春天到来的时候，他带她去婺源看油菜花，她开怀大笑时，比漫山遍野的油菜花还要艳丽；初夏的时候，他带她去黄山看日出、看云海，两人裹着羽绒服等了半个多小时终于迎来一缕阳光；秋天带她去了甘南，风景如画，他的眼里始终只有她；冬天带她去长白山看雪，两人在雪地里留下一串串足迹……

他带她走过一个四季，填补了过去七年空白。未来，他们还会有很多个四季来陪伴对方。

有次刷完朋友圈，又被他们俩虐到体无完肤的我跑去问小乔：“为什么最后还是答应他了？”

她说：“我相信幸福会迟到，但不会缺席。”

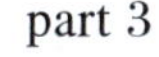

part 3

后来的我们，没有在一起

♡ ◯ ↷

她只是有点玛丽苏

文 / 大熊

不知道是不是巧合，我身边的水瓶座女生明明都很优秀，可一个个都是单身。

连唯一有男朋友的“包子脸小姐”最近也“被分手”了。

她情绪低落了好几天，在某天早上突然振臂高呼，道：“不行，我要追回我的人！”

水瓶座果然是一个脑洞大到需要水泥糊的星座。

不知道“包子脸小姐”是不是言情小说看多了，她就喜欢小说里那种玛丽苏式的爱情。

他们刚在一起的时候，“包子脸小姐”像是被言情女主附身一般，一吵架就喜欢哭着闹离家出走，其实就坐在楼下花坛边儿上，如果还是不见她的人，就是在转弯的第一个花坛边儿上。

她在那儿等着男朋友追出来，一把把她按在怀里，心疼地说“小傻瓜”之类的肉麻话。

最远的一次，她坐了两站公交车躲去了闺密家里，还要闺密“无意间”把地址详细地告诉她男朋友。

这次，她准备换自己来苦苦挽留，可是约了几次，男生都说忙。

最后，她总算将对方约出来了。在星巴克见面，她特意点了男生喜欢的美式咖啡。以前，她觉得美式咖啡苦得跟中药一样难喝，总要男生喝她喜欢的卡布奇诺。

男生来了，坐在那边不说话。

“包子脸小姐”热心地把咖啡递给他，心想，他应该会有一点感动吧。

她还在努力找话题让他高兴，可他还是面无表情，咖啡一口没喝。

最后，等时间差不多了，“包子脸小姐”依依不舍地说：“我们走吧。”

男生终于抬起头看她，她以为他要开口挽留，可他说：“咖啡我没喝，钱就不给你了。”

大家都一起骂这个男生“渣”，可我认识这个男生，知道他平常并不是这么无情的人，于是我怀着一颗关心且八卦的心去问他。

男生冷冷一笑道：“我只是不想陪她活在言情小说的世界里了。”

男生说，他刚认识“包子脸小姐”的时候，她一张脸圆乎乎的，像一个包子，笑起来没心没肺的样子非常可爱，他也愿意配合她那颗言情少女心做一些妥协。

可后来变成都是他一味地妥协，“包子脸小姐”动不动就离家出走的戏码让他渐渐觉得有些疲累。

他们分手是他提的，还是在情人节那天。

那天他们本来预订了餐厅，可他被公司临时召回加班，赶一个大单子。

“包子脸小姐”不高兴了：难道工作比女朋友还重要吗？

后来他赶过去的时候，她已经回家了，打电话被挂掉，发短信也不回。

她又离家出走了。

这一刻，他觉得再也继续不下去了，编辑一条“我们分手吧”的短信发过去，就赶回公司加班了。

男生说，她只顾着自己发脾气，却不替他考虑考虑。他在公司加班也很辛苦，这也不是他愿意的事儿，难道丢了工作陪她，她就开心了吗。

最后男生说：“没有人会故意把喜欢的人推开，只是心灰意冷了，所以懒得再好好经营这段关系。”

可能你也曾经苦苦挽留过一个人，但结果会告诉你，当一个人不爱你的时候，你再怎么努力也没用，不爱就是真的不爱了。

希望看到这里的所有人，都能学会怎样更好地去珍惜今后遇到的人。

比如我。

♡ ◯ ↱

我不是一定要你爱我

文 / 大熊

时常听见身边有人说：我都这么大了，已经过了主动费尽心思追一个人的年纪了。

为了一个人而奋不顾身，想想都是一件没有什么意义的事。

佳琪就正在做这种没有意义的事。

她生日那天，请了一群朋友在酒吧庆祝。输了几把游戏，喝了点酒，她觉得有些上头，就走到吧台坐着透透气。

有人轻轻在她面前放了一杯水，说：“喝点蜂蜜水吧，解酒的。”

佳琪抬起头，一个年纪轻轻的小哥，正笑眯眯地看着她。

之后她几乎天天往酒吧跑，把所有的酒水、饮料都点了个遍。小哥惊叹说：“你这么喜欢喝酒啊。”

佳琪在心里暗暗说：傻瓜，我喜欢的才不是喝酒。

那次她喝完酒才发现没带钱包，小哥好心地替她垫付了酒钱。佳琪打开手机，问他：“我加你微信，发红包给你吧。”

回家后，她开心地在床上翻滚——终于得到了小哥的微信。

没错，她是故意不带钱的。

加了微信，发完红包后，她就急急忙忙点开他的朋友圈——结果，什么也没有。

去的次数多了，两个人又熟悉一些后，佳琪偶尔会开玩笑地问：“你喜欢我这种类型的吗？”

小哥羞涩地笑笑没有说话，低头擦着高脚杯。

有人说她这么主动不好，即使最后成功了，对方也不会珍惜她。

可是佳琪觉得，一段感情里，总要有个人主动吧。

既然酒吧小哥不主动，那么她愿意做这个主动的人。

有一次多喝了一点，她揪着小哥的袖子，一字一句地向他表白：“我喜欢你。”

小哥冷静地抽出自己的袖子，给她倒了杯蜂蜜水，说：“谢谢。”

谢谢？！

谢谢是什么意思？

她问遍了所有人，都说这是拒绝的意思，可她觉得自己还有一线生机。

就像刮奖券的时候，很多人刮到一个“谢”字就会停下来，可是佳琪就是那个不甘心非要全部刮完的人，得到赤裸裸的“谢谢惠顾”四个字。

她最后给酒吧小哥发了一条微信——“你想和我谈恋爱吗？”

酒吧小哥的回复非常直接——“不想。”

佳琪放空了一会儿，擦了擦湿润的眼睛，打字回道——“谢谢。”

她终于接受“他不喜欢她”这个事实，即使之前知道自己的微信被他屏蔽也没有放弃过，这次她决定要放手了。

朋友都说她第一次就该放弃了，明知道对方对你没什么意思，第二次还傻兮兮地凑上去。

佳琪并不觉得自己傻，好不容易找到一个喜欢的人，不去表白，怎么知道对方喜不喜欢你呢。

谁说只有认定的事，才是人生的意义，明明只要去喜欢就好了呀。

♡ ◯ ↷

终究，我们都会变成昨天

文 / 大熊

凌晨两点，我正坐在电脑前憋着劲儿想专栏，手机振动——咦，是大毛的短信，只有四个字：我们分了。

短短几个字吓得我寒毛直竖。

曾经我是真的相信，即使山无棱，天地合，大毛和小雪也不会分手。

他们两个算是青梅竹马吧，同一个幼儿园一直到同一个高中，大毛一直把小雪当他的“私人财产”，不许任何人觊觎。

那时候，有个“富二代”想追求小雪，每天带她去食堂三楼的小包间吃小炒，饭后还有司机专门从家里用小冰箱装过来的哈根达斯冰激凌做饭后甜品。

眼看着小雪和这个“富二代”越走越近，大毛急得抓耳挠腮也毫无办法。他绕了操场跑了十几圈后，直接跑到了“富二代”的班上，死死揪着他的袖子不放：“你说，你为什么要抢我的女朋友？”

“富二代”一脸茫然：“你女朋友是谁啊？”

大毛的额头挂满细密的汗珠，大口大口地喘息了半晌，咬牙切齿地回答：“全世界都知道，小雪是我的女朋友，你做第三者传出去好听吗！”

“富二代”最爱面子，冷硬地抽出袖子：“你可能搞错了，我和她也不熟。”

大毛一秒没多做停留，回头就转述了“富二代”的话。小雪却是出乎意料的平静，瞪了他一眼：“你说，谁是你的女朋友？”

“除了你，还有谁。”大毛笑嘻嘻地去拉她的手。小雪挣开，指着小卖部说：“哈根达斯也没传说中那么好吃，我想吃小布丁了。”

大毛眼神一亮，一溜烟地往小卖部跑，生怕晚一秒钟，小雪就反悔了。

年轻的时候谈恋爱最是简单，即使只是手拉手在街上来来回回地走，他们也满心欢喜。

大学的时候，两个人异地恋，每个星期，大毛会坐高铁去小雪所在的城市，他把每个月打工赚的钱攒起来，全部给小雪买了奢侈品，把小雪宠得就像个公主一样。

都说异地恋不靠谱，他们毕业后却仍在一起。大毛放弃了专业对口的高薪职位，义无反顾地去了小雪的城市。

喜欢一个人，就恨不得把全世界都捧到对方面前，何况只是一份工作。

后来，大毛失业在家里蹲了半年。我们都在打赌，过惯了公主生活的小雪，什么时候会忍受不了把大毛赶出去。可一年过去了，他们依然在一起，恩恩爱爱。

后来大毛自己创业，也慢慢有了起色，两个人开始手拉手看起了房子。

就在全世界都等着看他们白头偕老时，结果就这么突然地分手了。我已经能想象大家感叹“再也不相信爱情”的样子了。

世上最痛苦的事里面，失恋算一件，总觉得再也没勇气去付出真心。

可是爱情这种事，得之幸运，失去也要认命。

生活依旧如常，愿你在余生里，重拾爱人的勇气，不再在深夜里痛哭。

♡ ◯ ↗

花样分手指南

文 / 大熊

喵喵个性开朗，只是脑子有点迷糊，走路会撞到桌角，倒水也会不小心洒到衣服上。可她特别爱笑，笑起来的眼睛就像弯弯的明月，反而显得她的迷糊也理所当然起来。

爱笑的女孩子运气好不好我不知道，我只知道她的桃花运特别好。一场联谊下来，几乎所有男生都向她要了微信号，可她只让小新扫了她的微信二维码。

男才女貌，你情我愿，一不小心就擦出了爱情的火花。

谈恋爱后，喵喵的迷糊病依然时常发作，比如经常出门忘记带钥匙，只好蹲在门口可怜兮兮地等小新来解救；再比如，坐车老坐过站，掉头再坐车回去的时候，小新已经在吃饭的地方等得差点睡着了。

诸如此类，每次小新都会假装一脸严肃地教育她，等教育完了再吧唧亲她一口，看她一副小狗摇尾巴的样子，心里不能更满足了。

后来喵喵也看穿了他这一点假模假式，开始学会报复回去。

她最喜欢藏东西，藏起他的钱包，就没办法出门；藏起他最爱的球鞋，不能出门跑步。

类似小小的报复，让他也无可奈何。

有一次，小新临时决定去香港出差，喵喵也缠着他说要去。小新一边收拾行李，一边教育她："我这是出差，不是旅游。你乖，别闹。"

喵喵不高兴了，噘着嘴独自一个人躲进书房，直到小新走的时候也没出来。

小新到了机场，才发现港澳通行证不见了，顿时身上冒了一阵冷汗。这个项目他已经跟了大半年，好不容易到了签约的重要关头，要是出了岔子，他的工作能不能保住都是个问题。

打电话给喵喵，她却一直不接。

眼睁睁看着登机时间过去，那头才接通电话，笑嘻嘻地说："Surprise（惊喜）！"

小新咬牙切齿地问她："我的通行证是不是你藏的？"

喵喵得意地承认了："对啊，谁让你不带我去的！"

"分手！"小新的脸憋得通红，吼完这两个字就挂断了电话。

虽然后来他们和好了，不过感情已经裂开一道细小的缝，并且有逐渐扩大的趋势。每天都因为一些鸡毛蒜皮的小事吵架。

"我跟你说了晚安并发了一个吻的表情，你为什么不回我？""为什么你起床后不发信息给我，而是发了朋友圈？""你的同事聚会里为什么还有女的？"

在又一次吵架后，小新筋疲力尽，问她："你们女生天天'作死'，到底图什么？"

喵喵也开始思考，她以前并不是这么"作"的人，大概是缺乏安全感吧。

安全感这种东西最虚无缥缈，有时候仅仅只需要一句话。一旦你开始去求证安全感的存在，人就会变得别扭起来，俗称：作。

只有自己学会独立自强了，才不会期望从别人那里获得安全感，自己就能给自己最牢固可靠的安全感。

当你明白了这一点，你就会发现，有时候你从别人那里得到的安全感，还不如一个满格的充电宝。

SINCE 2008
EVERYDAY
IS A
COFFEE
DAY
BOOKS
THE BEST
READING TIME
消火栓
IS THE MOST
BEAUTIFUL MEMORY
OF COFFEE

漫长的告别

文 / 大熊

如果用“一”到“十”分来给朋友的亲密度打分的话，那我和胖子绝对能打十分。

我们两家人属于三代世交，一直保持着和平友好的“外交关系”。

到了我和胖子这一代，就更不用说了。我和他从小就臭味相投，三岁那年初次见面就一拍即合，一直致力做一个优秀的“给父母添堵”的“熊孩子”组合。

胖子人其实不胖，高高瘦瘦的，中英混血，是一个漂亮得“令人发指”的男生。

他会得到胖子这个外号，是因为他的审美实在有异于常人。

在这个以瘦为美的时代，胖子偏偏喜欢胖嘟嘟的东西。

他家里的猫，胖得要买超大号猫砂盆，偏偏他觉得可爱；他家里的狗，胖得走两步就会气喘吁吁，偏偏他觉得很萌；就连女朋友，他也选了一个XXL号的。

我们都不是很理解胖子，毕竟以胖子的家境和颜值，倒追他的女生都能从岳麓区排到天心区了，胖子怎么就看上一个身材臃肿的“胖子”了。

而且更令人惊悚的是：还是胖子倒追的人家。

他的女朋友晓晓是林科大的研究生，胖子曾带他的女朋友来见过我们一面。看到他家晓晓的时候，我有点理解胖子为什么会喜欢人家了。

晓晓这个学霸级的选手，简直是吊打凡人一般的存在。任何涉及科研的话题，她都能信手拈来，说得头头是道。

就连谈到游戏，她都能用数据帮我们分析用哪个“英雄”会比较容易成功。

我们一群哥们对晓晓只剩下崇拜的份儿，并一致觉得，以后打游戏一定要带上晓晓大神。

然而还没等我们来得及约大神一起出来打游戏，胖子就突然在朋友圈发了一条说说：兄弟们，我要走了，江湖再见。

他决定去加拿大留学了。

胖子的决定很突然，兄弟们都致以问候：你去了加拿大，和你女朋友不是要异地恋了？

没想到胖子丢了一个更劲爆的新闻过来：他和他女朋友分手了。

我们谁都没信，毕竟胖子自从和晓晓谈恋爱之后，就沦为了智商重灾区，每次被晓晓智商碾压的时候，都会气呼呼地在我们面前拍胸脯说，一定要分手。

然后第二天早上，照例开着招摇的法拉利，跑到晓晓楼下去送早餐。

我劝过胖子，每天开豪车送早餐，会让女生有压力。

胖子听从了我的建议，将每天送早餐的坐骑，改成了他的宝贝尼古拉山地自行车。

虽然大家都是“土豪”，但我还是对他这种赤裸裸的炫富行为，致以深深的鄙视！

当然，也要对他和晓晓分手，致以最深的同情。

是的，这次他是真的和晓晓分手了，在胖子孤独远赴加拿大之后的某一天，我去书店做市场调查，偶遇了晓晓。

她瘦了很多，和之前的那个XXL号女生判若两人。

晓晓说：她知道自己和胖子不适合，只是曾经也傻乎乎地相信过爱情能战胜一切。因为坚信胖子很爱自己，所以对胖子那些要分手的气话从没放在心上，只是没想到胖子最后真的会走，甚至没有告别。

晓晓说：你知道胖子去哪儿了吗？我就要出国做科研了，只怕这辈子都很难见到了。

我没有告诉晓晓胖子的去向。

因为我知道，大张旗鼓地离开都是试探，真正的离开没有告别，悄无声息。

胖子是真的想结束这场感情了。

最重要的是我深信：如果他和晓晓还有缘分的话，定会江湖再见。

♡ ◯ ↱

那束花还在吗，那个人还爱吗？

文 / 菜菜

寒寒在地铁过安检的时候，因为要拿的东西太多，手里抱着的蔷薇花散落一地。

她正准备弯腰去捡，正巧后面排队过安检的小远被堵在安检口了，便也蹲下身子半跪着去帮寒寒捡地上掉落的花。

从她的视线看过去，就像男生捧着一束花跪在地上向她求婚。

寒寒拿了一枝花出来，送给小远道谢，两人便有说有笑地一起去坐地铁了。

聊天中，寒寒知道了小远跟自己一样，也是刚毕业，今天刚找到工作。没有深聊，寒寒到站后就离开了。

第二天寒寒却在电梯里再次遇见了小远。

缘分真是奇妙，原来小远昨天面试上的公司就是寒寒所在的那家公司，现在两个人在同一家公司实习。

都是新来的实习生，又同龄，共同话题也多，两个人很快就聊得热火朝天。

没过几天，部门的同事生日请吃饭，大家起哄让小远坐在寒寒身边。小远倒是很尽心帮忙夹菜、倒水，非常照顾女生。

明眼人都看出来小远对寒寒有意思，寒寒自己也看出来了，但她只觉得小远是个非常适合聊天的对象。

当朋友很好，当男朋友就还早。

毫不意外，那天晚上，小远对寒寒表白了。

不知道是不是因为喝了酒的原因，还是因为寒寒跟小远说了这份工作不太适合自己，过两天准备辞职，觉得不说就没机会了吧。

寒寒问他：“我们认识几天了？”

“五天。”男生回道。

“你看，才五天而已。”

“我们可以慢慢了解，感情是可以培养的。”

“你只是觉得一时新鲜而已，并不是真正的喜欢。”

那天两人不欢而散，寒寒不希望失去一个新交的朋友，但是她同样明白，如果继续联系又会给人幻想和希望，玩暧昧总是不好的。

因为她是真的没喜欢这个男生啊，所以异常纠结。

其实网上有很多这种帖子，但无一例外，寒寒都得到同一个回复——“绿茶婊”。

寒寒想了想，觉得也是。

她贪恋小远带来的温暖和安全感，可也明白这种温暖不是普通朋友能承受得起的，也并不相信几天的相处，小远对她的感情能有多深，不过是一时新鲜罢了。

一见钟情的爱情不是没有，而是太少了。

在这个速食爱情年代，谈个恋爱就跟玩儿似的，其中付出了多少感情，大概只有自己知道吧。

没想到半个月后，寒寒刷朋友圈，惊讶地发现小远跟当时实习的另一个女生在一起了——两人的头像是对方的自拍，朋友圈发的文字、图片更是在隔空秀恩爱。

寒寒想：原来就是个中央空调，走到哪儿暖到哪儿，害我愧疚半天，以为是自己太“渣”了。

寒寒之于小远，就像是他在捕鱼，先把网撒下去，能不能捞上来再说，即便没有大鱼，捞到几条小鱼也很不错。

不管小远有没有付出一点点真感情，只是这感情来得太随意，谁都可以，不是寒寒也可以是其他人，无聊时排遣寂寞而已，能有多少真感情在里面。

只是，谁不希望送花的少年能在自己的青春记忆里永远保持纯粹又美好的模样呢。

人情纵似长情月

文 / 花花

失踪了三年的小许终于回来了，穿着一身鹅黄色长裙站在我家门口，冲着我笑，露出一口白牙。

一放下东西，她就拉着我迫不及待地讲这些年她去过的地方，有贝加尔湖、圣托里尼和普罗旺斯的薰衣草……

唯独没有讲她出国要找的那个人。

不用猜，我大概也想到了结果。

小许第一次见到孙安的时候是夏天。男孩子在操场上打完球后满头大汗，额头湿漉漉的，帽子倒扣着竟然还有几分潇洒。也就是那一次，两个人不知道为什么突然看对了眼。

用小许的话说就是：乌龟看绿豆，缘分来了，挡都挡不住。

也就是这一眼，两人的关系光速发展。

然而大部分的感情可能真的过不去毕业这道坎，原本应该和男友在沙滩上看海的小许突然出现在我房里。她把行李摊在一边，整个人横躺在沙发上。

我刚想问，对方已经抢先说了一句“我和他分手了”，说完狠狠踹了一脚地上的包，咬着牙骂他“去死”。

失恋的小许情绪特别失控，边哭边喊地发泄。

后来我才知道，原来，孙安的父母有意送他出国进修，两人就要分隔两地。

“我以为，他能为了我留下来。”小许扯着我的袖子，一边吸着鼻子，一边说。她的眼眶红红的，光着脚蜷在沙发上，看起来有些失落。

我沉默了一会儿，也不知道该怎么安慰她。

是该告诉她，每个人都有自己的向往，你应该支持他、理解他；还是应该告诉她，他都不能为了你留下来，说明他没有想象中的那么在乎你。

但是从那天开始，小许变得沉默了。一开始，她还会给孙安打很多通电话，虽然最后往往都是以咒骂结尾。

语言尖锐的小许就像一只刺猬，想通过刺伤别人来引起对方的注意。

大概是受不了小许每日的纠缠，孙安开始不接电话，拉黑了小许的所有联系方式。她发的每一条短信都石沉大海。

慢慢地，小许从最初的狂躁暴怒变得沉静下来，只是每天都会借我的账号一遍一遍偷偷刷着孙安的微博和空间，甚至把他空间里来过的所有人都翻了个遍。

看到不对劲的互动会气恼一整天，翻出以前两个人的合照和甜言蜜语一遍遍跟我说："他对我肯定还是有感情的……"

我每次都耐心地听她讲，但其实我知道她只是在安慰自己，一遍一遍给自己洗脑。

小许开始变得越来越颓废，实习被辞退，原本考研的计划也被搁置，蓬头垢面地瘫在沙发上，守着孙安微博那一亩三分地。

直到有一天，不知道她从哪里打听到孙安已经去了美国，她突然从沙发上跳起来，胡乱地收拾起自己的衣服就要塞进包里，手忙脚乱地找自己的证件，一副要立即出远门的样子。

我拦住她，问她要干什么。

“我要去美国，我跟他说我可以支持他、理解他。”小许激动得抓住我。

“但是他都已经决定跟你分开了。”

小许突然像泄了气的皮球，用力地撸了一把自己的头发，深吸一口气强迫自己冷静下来。然而第二天她还是走了，只剩下一张字条，从此连续三年都杳无音讯。

小许回来的第二天，我们一起去了母校。一个篮球从球场上砰的弹过来，小许把球捡起来轻轻拍了两下。

“同学，你好！这是我的球。”追着球过来的少年穿着红色的球衣，头发湿漉漉的，一顶帽子反扣在头上，唇红齿白，一如当初的孙安。

小许笑了笑，将球还给了人家。

“后来，我找到了他。”小许回国后第一次和我谈起了他。

“一开始我是挺痛苦的，但是后来我想通了。”

“原来所有的痛苦都是来自我的不甘心。”

后来，她终于舍掉了“不甘心”，放过了自己。

放下过去的小许在美国重新报了所学校，将沿途的风景都画下来，办了一场小型画展，还创作了一本治愈系漫画。

至于那场不完美的恋爱，最终一点点沦为回忆，只能偶尔被记起。

♡ ◯ ↱

那年风起，忽而盛夏

文 / 花花

林子曾经幻想过很多种重逢的场景。

也许是下雨天在一起躲过雨的咖啡店重逢，又或者是微热的午后在繁华喧嚣的街道旁重逢……然而当三年没有联系过的两个人在街角真正重逢的时候，什么诗情画意，什么时光倒流，统统都没有，连一句“好久不见”都被淹没在人海里。两个人只是远远地望了一眼，然后默契地低下头各自擦肩而过。

仿佛什么也没看到，什么也没发生。

要不是曾经彼此都太过熟悉，兴许还会觉得只是自己眼花，认错了。

林子和初恋男友的相识有点像经典言情小说的标配——一见钟情，一眼万年。

林子的初恋男友长得挺好看，两人大学是同班同学，但连个点头之交都算不上。

直到那天午后她不知道在思索着什么，斜靠在墙边，有些慵懒地将手肘撑在桌子上，发呆地看着某个方向。

也许是想得太入神，她不知道那时候的自己就像一个痴情的少女，直勾勾地盯着坐在那边的某个人。

感觉到她的视线，那个人回过头，先是愣了一下，随后冲着林子浅浅地笑了。

当时长相清秀的少年，逆着阳光，皮肤有些泛白，眉眼带笑，让人有些恍惚。

“真好看啊。”林子不由自主地出声，下一秒却突然惊醒，意识到那个正在和他对视的人好像就是自己后，她迅速回过头，心脏怦怦乱跳，脸唰地红了一片。

那也是林子第一次明白了什么是心动。直到现在，林子回忆起当时对视的那一眼，还会忍不住小脸微红。

后来林子和他在一起的时候，所有人都惊讶了。平时看着没什么联系的人就那么悄悄在一起了。

后来又为什么会分开呢？

林子听到这个问题笑得弯了腰，仿佛想起了什么有趣的事情。

可能初恋都是酸酸甜甜的，甚至甜的更多。

林子和他分手的过程其实并不愉快，她曾经还为此哭了一个星期，连续三天食不知味。悲伤过后她又暗暗发誓以后一定不要原谅他，要记恨他一辈子。

但是多年后重逢时的那一瞬间，林子想起更多的是那段时光的美好。

想起那个人曾为了她跑遍整个城市去寻找一份礼物；想起他曾刮着她的鼻子轻轻说想带她回家见他爸妈；也想起毕业那天，他喝得有些迷糊，毛茸茸的脑袋整个儿靠在她的肩膀上，温热的气息喷洒在她的脖颈儿上，有些灼热……至于那些争吵的理由，林子一瞬间竟然一个都想不起来。

但无论过去再怎么美好，林子的初恋终究还是以遗憾收场。

虽然有些惋惜，但她早已释怀。

那段懵懂单纯的恋情最终成为她青春里被尘封的回忆，只是偶尔想起某个瞬间时，嘴角总会忍不住泛起笑意。

林子觉得，也许这就是初恋吧。

多年过后，他或在或不在，都已被定格在那段青春里，永远存留在记忆中。

♡ ▢ ↱

我可能不会喜欢你

文 / 纪十年

将鱼先生从微信好友删除时，年小姐是心怀愧疚的。

点开名片，移除，确定，完成这个步骤，她才听懂了陈奕迅的那首《于心有愧》。

她发了一条微博说，真是一首很虐的歌。

有人戏谑地问：伤了谁的心？

没有，真的没有。这是一个没人伤心的故事，年小姐这样告诉自己。

他们在青城认识，同住一家青年旅馆，摸过同一把吉他，志趣相投，一起买海鲜、切鱿鱼、刷螃蟹，一起围着火炉烤肉……

派对最热闹时，他靠在她耳边低声说："我追你，好吗？"

她怎么回答的？

不好，谢谢。

她有喜欢的人了，就在这座旅馆里头，就在离他们不到十米远的地方。

年小姐直截了当地拒绝。她是双子座，时常优柔寡断，遇见感情却分外理得清。也许生活中会有模棱两可，但是爱情这回事儿，只能是：我喜欢你，所以我想跟你在一起——没有灰色界限。

那些试探，那些暧昧，那些“我觉得你还不错，不如交往试试”的概念，对她而言都像是天方夜谭。

之后，鱼先生迅速地转移了对象，年小姐的喜欢无疾而终，他们回到各自的城市里，一来二往地聊天。一个留学归来的花花公子，一个有感情洁癖的失恋少女，八竿子打不到一起的两个人，居然成了朋友。

他迅速地失恋，迅速地陷入一段段爱情中。

她孑然一身，借着跟他说话，勾起自己一星半点儿关于青城的回忆。

花花公子也计划过未来，也想过安定。他认真地问她：“你说以后我应该去我女朋友的城市，还是守在父母身边？”

失恋少女也想过走出阴影，每个早晨她都觉得自己充满干劲儿，觉得被喜欢的人和闺密双重背叛——这坎好像也该走过了，但每次午夜梦回，她都会觉得绝望扑面而来。

那些晦涩的日夜，只有他和他的微信陪着她。

两年时间里，鱼先生遇见了形形色色的女子，年小姐长成了坚毅独立的姑娘。在一次聊天里，她苦恼路人甲的追求如何处理，鱼先生却隔着千百里的距离，向她表白了。

时间恍若回到了那年夏天，青城的空气里有海水淡淡的腥甜，他的眼底有戏谑的光，满不在乎地耸肩。而她呢，她依旧拒绝。

一个陪伴她走过艰难岁月的朋友，一个见过她为另一个人号啕大哭的男生，怎么还能成为恋人。她自诩文笔华美，却无法描绘他们的未来将如何开展。

《单身男女》里，张申然求婚失败，下楼就能勾搭上空姐。

鱼先生也一样，转眼就能辗转于情场。

很长的一段时间里，他们沉默地生活，他今天应酬喝酒，她今天稿子到截稿期了。他们曾经能聊天到深夜，却终于在往后的时光里相顾无言。

就在一天天的生疏里，年小姐将鱼先生删除了——离开是一个美丽而苍凉的手势，能让一切断在顶好的地方。

他们有半年的时间不再联络，一直到写专栏时，年小姐鼓起勇气发简讯给鱼先生：我要写一个关于你的故事……

后半句是什么？

她说的是：可是你永远都不会知道，我到底写了什么。

♡ ◯ ↱

我在梦里爱过你

文 / 纪十年

读者群里有一条长文，标题是《我们谈一场七天就分手的恋爱好吗》，我看见过很多次，不管是以前，还是最近，刚刚点开果然跟我想的一样。

字里行间他们在说：早午餐速食、工作速食、人生速食，所以，连我们的爱情也变得速食起来，一共七天，去谈恋爱吧，爱完便相忘于天涯。

仿佛，我们生来就是放荡不羁爱自由。

是假装自己很酷的日子太久了吗。摔倒了自己爬起来，拍拍裤腿，昂首挺胸往前走；难过了昂起头，对着蔚蓝的天空看很久很久。

“你怎么了？”有人这样问。

“眼睛难受。”你这样答。

一定是装酷太久，我们都逐渐忘了，遗忘是多残忍的一件事。

一定是孤独太久了，我们爱不到人，却要在七天里假装相爱。

事后，当这是一场狂欢游戏，还是一场梦。

我不知道，年小姐也不知道。

她有过这样的经历，与一个遥远的人似乎是相爱的，他们计划未来：以后在哪座城市定居，以后要环游世界，以后要养一只怎样蠢萌的狗。他们也分享现在：早餐吃的什么；今天又遇到了什么麻烦；不开心，我讲个笑话给你听呀。

他们约定，一个月以后见一面。那是阔别五年后，两人第一次见面。

年小姐对此很惶恐，她考虑了好几天：我该不该见他；如果他喜欢的只是幻想中的我，那该怎么办。

但是很快，她的问题就变成了：我会不会有些胖了；衣服好像也不够穿，一个月之后是冷，还是热；哪个包能搭哪件衣服。

除小学期待春游之外，她第一次去查一个月后的天气预报。

说不想他来，是假的；说不期待短短七天的相见，也是假的。

是谁说过，你喜欢一个人，第一眼就能在脑海里幻想与他过完这一生？

年小姐喜欢他吗？她自己也不确定。以为他要离开，她曾在深夜里痛哭，跟他闹翻。她曾在大马路上流眼泪，曾经细心而乖巧，也在他的嘘寒问暖下变得恃宠而骄。

后来，年小姐跟人说：我遇到的每一个人都跟他不一样啊，他们都不会陪我聊到深夜，他们才不会注意我细微的情绪，他们更不会细心地看完我全部的动态，像做阅读理解一样猜我没说出口的想法——真可惜，遇到的每个人，都不像他。

朋友回答她：你就是被宠坏了。

她想，坏就坏吧，见面之后再说。

以后的烦恼，就留给以后解决吧，她或许，应该相信他一次。

年小姐这样想。

后来，她失望了。那个人没有来，没有解释，从她人生里消失了。

年小姐的人生回到正轨了。她按照他们当时计划的一样，去看了最新上映的喜剧片。在放字幕时，她举高票根要拍照，旁边的朋友说：我给你打光。

那瞬间，她才想起，何必呢。何必这么着急在社交软件上发图片，何必这么用力地证明自己过得很好。甚至，她还去了那座他们约定要去的小镇，坐在河边吹冷风。她也喝酒，高高地举杯，对着一江西水说：好久不见啊。

她没有流眼泪，但是那一瞬间，她的确想到了《春光乍泄》里的一句台词：站在瀑布前，我觉得非常难过，因为我总觉得，站在这里的，应该是两个人。

与那场七日恋爱游戏一般，他们似乎真的相爱过，也似乎这一切，只是一场幻觉。

♡ ◯ ↗

还是想要爱你的冲动

文 / 冬菇

阿宝失恋了，这次分手的对象是她学跳舞的师父。

她学跳舞十年，其中学跳流行舞五年，拜师的第三年她就爱上了这个人。是他，让阿宝从应试舞蹈里释放了自己，教会她如何编舞，如何在舞蹈里投入感情。

他们合作过很多的舞台，他们的默契无人能敌。

对她来说，骤然的割舍让人痛不欲生。可是没办法，他是那样清醒理智的一个人，说不爱就是不爱，哪怕跳双人舞的时候再投入，灯光亮了，音乐停止的那一瞬间，就会立即从舞蹈里抽离自己的情绪。所以阿宝的求爱在被他拒绝之后，她便觉得没有继续合作的必要了，因为她无法全心全意地在舞蹈里热烈地爱着他了。

她努力过不要去爱他，专注在舞蹈事业上，可爱情就是爱情，哪里会有开关。

阿宝只能用蛮力逼自己离开他，重拾民族舞，去不同的地方参加舞蹈比赛，远离他的领域，避开所有会面的机会。

她还年轻，认定自己不会这么糟，不会永远走不出这一段感情。

事实上，她太年轻，对自己认定的事情过于笃定，却不知道命定的劫数始终是要渡的。

阿宝又遇到了一个跟他极其相似的舞者。他高大俊朗又魅力十足，性格开朗且包容。最开始她只是觉得这个人长得可真像她喜欢的类型啊，心境平和得不曾设想过发展的可能。

但是比赛到了第五轮的时候，他们经过抽签成为队友去合作一个舞蹈，从选曲到编舞都是他们共同合作。

不过短短一个星期的相处，阿宝就发现这个人的星座、血型、性格都跟他一样。

因为害怕在同一个地方跌倒两次，所以在合作上阿宝能避则避。没多久，对方就发现了阿宝的不对劲。秉着对舞蹈节目负责的原则，对方堵住阿宝，有礼貌的同时也很直接地把自己的想法说了出来。

但是那样站不住脚的理由阿宝是说不出口的，于是她借口说自己怕生。显然这个理由对方不是很信服，但也算勉强过关。

阿宝回到住处以后失眠了整夜，她不能像个惊弓之鸟那样，因为失了恋就怕这怕那，一辈子那么长，避得了一时，避不了一世。

然而相似的剧情还是发生在阿宝身上了。因为一个舞蹈节目入戏太深，阿宝没有像队友那样可以做到音乐一停，就收了情绪，她模模糊糊地爱着队友，却将旧爱记得更加深刻。

她决定哪怕是因噎废食，她也要放弃双人舞了。

因为她很想做一个成熟的舞者，就像她的师父、就像她的队友那样。她再也不要把自己的感情像是宣传单那样沿街派送，把自己的感情任由舞蹈剧情处置。

于是她选择独舞，但心却始终想要回到从前，投入到一段有感情的双人舞里。

心与行动未能一致，让阿宝比失恋更加难受。

可一想到以前重复发生过的爱情故事，阿宝开始痛恨自己的感情过于丰富。这种情绪来回地将她折磨，阿宝在独舞和双人舞之间打转，无法抉择。

就在阿宝因为无法把情绪控制自如濒临崩溃而要放弃舞蹈的时候，他找上门了，依旧风度翩翩，言辞恳切。他就像是痛失瑰宝一般劝她继续跳舞。看着他的那双浸润着水光的眼眸，阿宝发现自己还是无法放弃他，哪怕他可能永远不会爱上自己。

好了，认了吧，她真的走不出他眼底的笼牢了。

既然感情对她来说是只懂投入，不懂抽离的话，那就接受现实吧。因为她发觉走了那么多的路，看过那么多的海，最想要同行的人仍然是他。

在俗世里得不到的，就在舞台上永恒吧，只要有那么一刻他是只属于她的也好。

♡ ◯ ↱

思前恋后

文 / 冬菇

最近网络上很流行一句话：不要隔着屏幕对别人产生好感。我看到后是非常赞同的。因为你永远不会知道，网络那头正对你说着甜言蜜语的人，到底是男是女。你也不会知道，他对你说的话是出自真心，还是假意。

尽管在论坛里总能看到有人现身说法，说自己在某某游戏里或者某某社交软件上认识了现在的老公，生活非常甜蜜。但不可否认的是，网络上的欺骗手段层出不穷，稍不留神就会被骗。

大学室友圆圆是个爱情至上的人。她希望得到如同小说里一样浪漫的爱情，不管在一起会遇到什么样的困难，只要是真爱就无所谓。

她在大二的时候网恋了，像一只无头苍蝇那样陷了进去。眼见她这样不求回报地付出，我们都劝她要带眼识人，毕竟是网恋，还是异地恋，也不知道对方到底是好是坏。

现实总是这样，在没真正吃过苦头前，别人的劝告都是忠言逆耳。她听不进去。

这场异地恋谈得很是轰轰烈烈。

圆圆三天两头就坐飞机去找那个男生，每次都是兴高采烈地去，郁郁寡欢地回来，却又满脸幸福地和我们表示自己遇到的是真爱。

那个男生有多好，我们不得而知，我们只知道圆圆需要打两份兼职来维持这段烧钱的恋爱。

而经历过所有的辛苦和难过，只要对方一个表情包发过来，她就认为还可以继续撑下去。

如果没有发现他的真面目的话，这也算是一段很甜蜜的恋情。

圆圆最后一次见那个男生是在隔壁寝室妹子的手机屏保里，她才知道自己是那个男生的其中一个女朋友。

她们发现这个事实后互相看了彼此和那个男生的聊天记录，才惊觉世界是这么小，她们又是如何相似地被骗。

最后这两个初次坠入情网的姑娘组成了最坚实的联盟，在网络上拆穿了这个男生。然后她们发现，多得是和自己一样被爱冲昏了头脑的女生。

私以为，一段感情的珍贵之处在于诚实，还有就是在互相了解的基础之下谨慎地决定是否在一起。

只可惜，大家只想早点品尝爱情的滋味，却忘了先设想冲动的后果。并非所谓的年纪太轻、失恋太少，而是忘了自己其实可以停一停，慢下来想一想。

想一想，自己真的了解这个人吗？这段感情如果这样盲目地开始，会不会很危险？现代社会，人和人之间看似离得很近，实则十分遥远。

认识一个陌生人后，双方都需要先互相深入了解才能考虑是否可以成为好朋友，更何况成为爱人。

对感情保留天真是对的，但是对陌生人，不能想得太简单。在决定是否交心之前，要先清楚对方是否值得你交心。

微博上总有很多读者私信我，咨询关于网恋的问题。

且不论你遇到好人或者坏人的比例是多少，只说你是否深思熟虑过才开始和对方谈论感情。

渴望爱情不是坏事情，但不要让谈恋爱变成一件坏事情。

大部分的情感文章会告诉你，遇到爱情就不要犹豫，要抓紧，这是对的。但是我们还是需要三思而后行。

♡ ▢ ↱

离开的人，终于回来了

文 / 小方

在社交软件上，你删除过谁吗？你又被谁删除过吗？

速食时代，打开手机，几乎一秒钟，我们就可以向这个人示好；同样，一秒之内，我们就可以决定跟这个人老死不相往来。

可是，蜜桃的考虑时间，远远不止一秒。

因为那个加她好友的人，是他。

怎么会是这个人？距离他们失去联络已经过去三年了啊。

蜜桃手指戳在屏幕上，放大他的头像：那是一张在异国划船时拍下的照片，利落的黑发，跟以前一样明亮的一双眼睛，笑容明朗。

你看，这家伙还是这样迷人。

还是——这个词很准确。

三年前，他就曾狠狠吸引过她。

为什么？

因为他举手投足之间有非凡的光，在聚会上初遇时，蜜桃就感受到了。

他随口谈尼采的散文，语气带着鲜衣怒马的张扬。蜜桃认真地打量他皱眉思考的样子，她发现，他们是同一个世界的人。

这个世界是怎样的呢？有米开朗琪罗的雕塑，有莫奈温柔的色彩，还有数不尽的闲书，永远也不会有人跳出来问你“嘿，你沉溺于这些玩意儿，到底有什么用”。

那场聚会从七点开到十一点，他们痛快地畅聊，视周围谈名表与跑车的人于无物。

后来他们一起走过聚会咖啡厅外那条长街，穿过车水马龙，蜜桃坐上了出租车，透过车窗看过去，香樟树下的他笑意朗朗。

四目相对的一瞬间，蜜桃忽然想，她恋爱了。

她开始打听与他有关的一切——

他在学法语是吗？好的，那她也要学。他在A大读研究生是吗？那她也要考。他喜欢看毛姆的书，他逢人必推荐海明威，于是，她将网页上他评过的书全加进了购物车里。

这样的爱多热烈啊，去走他走过的路，去看他看过的风景。

原本，故事很完美了，可唯一不够完美的是，他不爱她。

他去异国深造前，蜜桃哭得稀里哗啦。

他拉住蜜桃，诚恳地问：“你为什么会喜欢我？爱情这么渺小，我们做一生一世的朋友，不是更好吗？”

他的世界太大，爱情甚至不及九牛一毛。

那瞬间，蜜桃才发现，她从来都没了解过他。

飞机冲上云霄，她仰头看着云际，忽然想，她到底喜欢他什么呢。

才华横溢，目光高远，还是特立独行。

那么，今时今日，他的爱情观，他的抉择，又有什么值得她怨怼。

然而，三年后，面对他的好友请求，蜜桃是迟疑的。

这三年里，她开始做业余的法语翻译，时薪丰厚；她考上了文学院的研究生，师从 A 城最有名的大教授。

她日渐变成了坚毅的姑娘，终于，不再仰视他。

蜜桃的手指停在“同意添加”的按钮上，几分钟内，她脑海里掠过千种可能——也许他回国了，也许他也懂了爱情，也许他在大洋彼岸还怀念着她，也许，他们之间还有可能。

终于，她按下了同意，随后便点开他的朋友圈，封面图是一张合照。

照片上，他与一个黑发少女并肩而立，言笑晏晏，背景是 A 城刚刚修好的机场。

●　●　●

他真的回来了，带着他爱的女生。

那瞬间，蜜桃忽然笑了，她明白了，哪有人不会去爱，他只是不爱你。

而她，真的爱过他吗？还是只是，爱上了那段一腔孤勇的青涩年华。

part 4

前任这种生物

做你一个人的花花公子

文 / 大熊

小关是公认的花花公子，虽然颜值不是特别高，但有点小钱，穿衣打扮也洋气，加上懂浪漫、会生活，十分受女生欢迎。

他是夜店小王子，女友大部分是二十岁出头的小女生，更新换代是常有的事。

他常常一边摇头，一边捶胸感叹："欸，我是个'渣'男，真的太'渣'了。"每次一说这句话，就代表他又换了个新女友。

这次的新女友看起来单纯又可爱。

我们鄙视他老牛吃嫩草，他厚脸皮地说，自己其实也是朵娇花。

他看起来很喜欢这次的小女友，常常在朋友圈秀恩爱，却嘴硬说那是小女友拿着他的手机发的。

我们以为这次他是认真的，没想到才过了两周，他又开始说：“我是个‘渣男’。”语气中听不出一丝难过的痕迹。

常常觉得，他对女生真的很有一套，看起来也很多情。

他说他好像很难真正爱上一个人，他心里一直有块阴影，每次一谈恋爱就会跳出来，逼他想起那段难堪的过往。

那时他才大一，喜欢上了大四的学姐，追了很久，用尽各种办法，学姐才接受他这个嫩草学弟，他也十分珍惜这段来之不易的感情。

一年后学姐毕业去了外地，他们变成了异地恋，小关心里很是难过。

学姐生日那天，他想偷偷买票过去给她一个惊喜。

那个时候不像现在，下个APP就能买火车票了，要买只能跑去售票大厅的小窗口。

临近国庆，任何票都十分难买。他排了一通宵的队，才买到一张站票。虽然要站好几个小时，可是他一想到学姐惊喜的样子，就觉得自己做什么都是值得的。

到了目的地，他先去订了个房间，买了鲜花、巧克力精心布置好，然后洗澡换衣服，收拾得干干净净，准备去给学姐一个惊喜！

站在学姐公司楼下，他的心紧张得怦怦直跳。他站在原地开始幻想，待会儿学姐看见他的时候，会不会高兴地扑上来，他要不要矜持地放她下来呢。

天快黑了，他在心里已经幻想到不可描述的画面了，可学姐却迟迟没有出来。

他只好走进公司去询问，她的同事却告诉他，学姐今天请假和男友过生日去了。

失魂落魄的小关走出公司，回到酒店房间，看到他出门前精心布置的场景，委屈地放声大哭。

我想他应该很爱学姐吧，因为之后无论他换了多少女友，每次说到“前女友”，说的都是她。

和小女友分手后，小关跑出去旅游了，听说这次旅途颇为不顺，那个城市还发生了小小的地震，不过影响不大，他活着回来了。令人大跌眼镜的是，他是牵着小女友的手回来的。

听说，小女友得知他那边地震的事，居然连夜买了最快的票赶到了他身边。

“她平时连高铁都要坐一等座的，这次坐着硬座就来了，太傻了。”小关满不在乎地说，看她的眼神却十分温柔。

不知道小关是不是想起了曾经的自己，也曾揣着一颗真心，无所顾忌，只为奔赴爱人的身边。

从今天起，愿做你一个人的花花公子，从此我的心上只允许你居住。

♡ ○ ↷

后来，他们都胖了

文 / 小锅

我也不是从小就会做饭的，还记得小时候想吃鸡蛋，就把整颗生鸡蛋放进微波炉，可想而知，鸡蛋在里面炸得粉身碎骨，我哭着擦了很久很久。

● ● ●

第一次做饭是大三的时候，在校外租了个小房子，里面有一个简陋的厨房。

有一天，男友突然说想吃家里做的鱼。

我回忆了一下我妈做鱼的过程，觉得那有什么难的，我来做。

去菜市场买了鱼和调料，回家洗干净后，倒完油直接就把鱼丢了进去，热油遇到鱼身上的水，顿时油花飞溅。我一边痛得嗷嗷叫，一边翻鱼。

最可怕的是，鱼摊老板杀鱼的时候，把鱼鳔塞进了鱼肚子，而我并不知道。后来鱼鳔炸了，我拿锅铲的手被烫出了一串水泡。

最后，鱼总算做好了。我紧张地看着他动筷子，只见他皱了下眉，但很快咽下去了。我也皱着眉，问："是不是不好吃？"

他笑着说："好吃。"

我以为像电视剧里那样，他说好吃只是为了哄我开心，其实难吃得要死，赶紧自己也吃了一口——咦？真的很好吃！

那你皱什么眉头？

男友一脸无辜地说："被鱼刺卡了一下。"

从那天起，我顿时觉得自己做饭的天赋被激发了，开始潜心钻研厨艺。

在这个世界上，很多事都由不得自己做主，但是做饭好不好吃，完全取决于自己的专注和决心。

当你做出一道好吃的菜，从中得到的成就感，会让你觉得得到全世界的意义也不过如此。

刚来公司上班的时候，我住得还挺远的，在河西。

每天早上五点就得起床，洗头化妆要一个小时，毕竟，再苦也不能苦这张脸。六点在楼下等公交车，再穿过长长的湘江大桥到河东，再转车到长沙的最南边。

运气好，可以在八点二十之前到公司，还能在楼下打包一碗米粉，可万一桥上出了点小事故，那一天就算白做了。

那时一个月的工资才一千二块钱，迟到一次要扣三十块。

下班再转两趟车回到河西，到家天都黑了。

回家推开门，家里一片漆黑，只有卧室的电脑屏幕发出一点光。

那阵子，男友因为工作不顺，辞职了，几乎一整天都花在游戏上面。

为了哄他开心，即使七点半才到家，我也会变着花样做好吃的。

那时候也没觉得辛苦，因为喜欢，做什么都是开心的。

直到有一次圣诞节，公司聚餐，我是第一个离开的。

那天的出租车非常难打，吹了大半个小时的寒风，最后咬牙坐了高价黑车回家。

提着外卖回到家，他皱了皱眉，说：“我不想吃外卖。”

我说：“那我给你煮个面吧。”

他沉迷在游戏里，头也不回，答：“一天都没吃米饭，我想吃饭。”

我翻了个白眼，深呼吸安慰自己，大过节的不要生气，做个饭而已。然而等我做好饭端出来，发现他已经把外卖吃完了。

然后，故事的结局是，我终于下定决心搬到了最南边，和朵爷在公司附近租了房。

早上可以七点起床，虽然还是每天都迟到。

我也依然热爱做饭。

● ● ●

下班后，大家经常在附近的菜市场买好菜，叽叽喳喳地说着自己想吃的和不想吃的，然后去我们家，丐胖他们洗菜，我炒菜，朵爷洗碗。

后来，和我一起吃饭的人，都长胖了。

♡ ◯ ↱

因为不爱，所以离开

文 / 小锅

是不是所有人在谈恋爱后，都会变成另外一个人。

我有个小学女同学，从小就是个混世魔王，天不怕地不怕。因为觉得校服丑，周一的升旗仪式上，学校要求所有同学都穿校服，她就从来没参加过。

男生讨厌她，可我们女生都很喜欢她。用当时的话来说，我们觉得她很酷，都以能跟她手挽手一起上厕所为荣。

直到她遇到了她的初恋，就像换了个灵魂重生一样。

初恋不吃香菜，她这个每次吃火锅要放半碗香菜的人，从此开始和香菜绝交。

初恋喜欢短发，她便毫不犹豫地剪去了一头长发，用卖头发的几百块钱，给他买了一支钢笔。

初恋从不去KTV，觉得里面太吵，空气差，从此聚会都改成在咖啡馆安静地喝咖啡。

她小心翼翼地避开初恋身上的所有雷区，喜欢得无法自拔。终于得偿所愿，他们在一起了。

我们都感动了，觉得她会和他一辈子在一起。

陈奕迅的歌里唱过，得不到的永远在骚动，被偏爱的都有恃无恐。

虽说他们在一起了，初恋的态度却一直不冷不热，她不在乎。

每个周五下班后，开两个小时的车，从杭州到上海去找他过周末，她觉得很幸福。

毕竟，有了理直气壮去看他的理由——她是他的女朋友。

她生日的前一天，初恋让她周末过来一趟，跟她说个事儿。

她猜了一天，列举了几百种可能，最后还是按捺不住雀跃的心情，等不到周末，下班后就迫不及待地开着车去了。

然后，她三天没有上线。

● ● ●

第四天，她的头像终于亮起来了。她淡淡地表示，分手了。

分手的理由有点令人无语，初恋说和她在一起后，觉得失去了自我，发现还是一个人好。

我犹豫了半天，也想不出什么安慰的话。她对那个男生的好，我都看在眼里，憋了半天才说：“呵，活该单身一辈子。”

本来这个事就这么完了，都怪我嘴贱，我看她实在伤心，就试探性地建议：“要不，你再去挽回试试，说不定他也在后悔呢。”

她听完我的话，重新燃起了希望，大半夜又去上海找他复合。

没想到，她成功了，喜滋滋地说，初恋被她感动了，决定跟她再试一个星期。

这一个星期里，那个男生带她见了父母，见了各种朋友，带她做了很多事，可他最后说：“对不起，我努力了，可是依然没有爱上你。”

也是，爱一个人这种事，光靠努力，怎么会行得通呢。

本以为她会再接再厉，可她说，她也决定放弃了。

分手过一次，两个人之间的关系已经成鸡肋了。虽然他也在努力配合，可她变得患得患失，害怕某天他又突然离开，不如狠下心放开手，对双方都是一种解脱。

最后我恨恨地说："可惜了你那一头长发。"

她无所谓地捋了捋短发，说："发型师说我适合短发呢，显得脸小，多酷啊！"

此刻，我在她身上重新看到了小时候混世魔王的样子。

♡ ▢ ↱

请先做好爱我的准备

文 / 小锅

男生和女生约好隔天一起坐火车回学校。在出发的前一晚，男生才告诉她，他的初恋也会坐那趟车，而且她没有买到座位。

男生表示，要把自己的座位让给初恋，并说：“我怕你吃醋，但我不能不管她。”

女生脸上依然笑嘻嘻：“你让你自己的座位，我吃什么醋。”

到了隔天，女生毅然地提出了分手，男生还觉得难以置信。

这是我在微博热门看见的，当时觉得非常生气，怎么会有这么理直气壮的男朋友。他没考虑女朋友的感受，还理所当然地说，不能不管另外一个女生。

这个女生干脆利落分手的行动力值得表扬，希望她下一次恋爱，能够擦亮眼睛。

其实，这种分手了还和前任不清不楚的男生，在现实生活中挺常见的。

我就遇到过一个。

那还是上大学的时候，我跟班上一个男生在一起。这个男生看起来各方面都挺正常，直到有一天，他突然消失了。

电话直接关机，QQ 也不上线。

在我们学校，有个很著名的小人工湖，因为这里曾经淹死了三个人，三缺一，所以大家管这个湖叫麻将湖。

我老怀疑他是不是掉进麻将湖里了，那几天每天在湖边徘徊，看会不会突然看见湖里漂着他的尸体。

直到一个星期后，他终于出现了，活人。

他看起来一脸风尘仆仆的样子，兴奋地从背包里给我掏礼物。

我问他这几天去哪了，他解释说去参加魔兽争霸的比赛了，为了专心比赛所以把手机关了。

天真如我，明明这个解释漏洞百出，却还是选择相信他。

后来有一天，我在他没来得及关掉的电脑上发现，他居然还有一个QQ！

女生的直觉，让我翻出他最近的聊天记录，发现他和一个女生聊得特别多。

在长长的聊天记录里，我还发现了其他信息：比如，他消失的那几天，确实是去参加比赛了，但并没有关机，因为他有另一张电话卡。他和这个女生一起吃了饭，去唱了KTV，几乎每天都在一起。

见无法隐瞒，他只好老实交代，那个女生其实是他的前女友，那几天他们只是一起吃饭唱歌而已，没有做其他的。

最后他躲躲闪闪地说："哎呀，我们只是普通朋友，你别想太多了。"

我并没有想太多，而是立刻跟他提了分手。

他连"普通朋友"和"打着朋友的旗号"继续暧昧不清都区分不开，再跟他继续下去，最后一道绿光肯定会落在我头上。

既然放不开上一段感情，那就别开始新的感情；如果选择展开新的恋情，那就不要再回头。

做人不能这么贪心，什么都想要。

在恋爱中，最基本的要求，请先做好爱一个人的准备。

♡ ◯ ↱

梨子的富二代男友

文 / 小锅

每天晚上十点，群里就开始吆喝，消夜走起。

半小时后，一群人就坐在了砂子塘的夜宵摊上，居然还有好久不见的梨子。

我八卦兮兮地凑过去问："你那个富二代男友呢？喊他一起来呀。"

梨子没有回答，找我借了手机。她点开我的微信，添加好友，熟练地输入一串微信号。

我问她这个人是谁，不会大半夜的还要给我相亲吧。

梨子还是没回答，自顾自地说："小杨把我拉黑了，我记得他的朋友圈陌生人可以看十张照片，我想看看。"

梨子和小杨是在 KTV 的厕所认识的。

厕所的纸巾用完了，她又没带手机，听见外面有脚步声就喊：“你好，你有纸吗，可以给我一点纸吗？”

“是这里吧。”下面递了一包纸进来，可这个声音，明明是个男人！

梨子以为遇到了变态，吓得纸也不敢接。

那个男人好像猜到了什么，说：“小姐，这里是男厕所，我不是变态。”

反正这就是一个典型的英雄救美，美女报恩，最后抱在了一起的俗气爱情故事。

小杨出手很阔绰，每次大家出来唱歌吃饭，他都毫不犹豫地主动买单。

有一回我不知天高地厚地问小杨：“你身上这件风衣很好看，得要好几千吧。”

小杨轻描淡写地说：“这个牌子的风衣没有低于 × 万的。”

我吓得打了个嗝儿，顿时觉得自己像个没见过世面的井底之蛙。不过，小杨头顶上金光闪闪的“富二代”标签，我们是十分确定的。

直到有一天——

我们有个爱逛二手闲置转卖论坛的朋友，突然把我单独喊出去，犹犹豫豫地对我说："我觉得小杨这个人有问题。"

她在那个二手闲置转卖的论坛上，看见一个转卖帖，下面留的手机号正是小杨的。她就顺便搜了这个号码，居然搜出来不少帖子，其中有些东西确实在小杨身上看见过。

她不知道要不要告诉梨子这件事，只好先找我商量。后来，我们还是委婉地跟梨子说了。

梨子听完也震惊了，一直说不可能，肯定是留手机号的人写错了。

我突然想起一件事，小杨说几个月前买了一辆新车，花了不少钱，可我们从来没见过他开车出来。就连梨子，都没坐过他的车。

梨子了然，当下就给小杨打了电话，问他现在能不能开车来接她。

听见小杨答应后，梨子的脸色缓和了不少。我们也开始怀疑，可能真的搞错了吧。

小杨迟迟没来，过了一个小时后才打来电话，说他的车发生了追尾，没办法过来了。

梨子沉默地挂掉电话。我问梨子，还会和小杨在一起吗？

她勉强挤出一个笑来，说：“他从来没说过自己是富二代不是吗？都是你们猜的！而且，我喜欢的又不是他的钱。”临走之前，梨子看着那个朋友说，“你别管我们的事了，我自己有分寸。”

对于陷入热恋中的人来说，爱情总是大过天。

后来，我们很久都没见过梨子。

梨子看完了小杨那十张对陌生人展示的照片后，有点心灰意冷。

她说，她以为他们的感情已经稳定，恋人之间需要坦诚以待，便和他说了这件事。没想到小杨反应很激烈，和她大吵一架后拉黑了她的微信。

她说她真的不介意他是不是富二代，也不是想戳穿他看笑话，她只是喜欢他这个人。

可是有些人啊，就是喜欢躲在自己扮演的角色里，才能轻松愉快。

希望梨子也能明白这个道理，不再执迷不悟。

第一百个白日梦

文 / 长木

十年里，小月做了一百个白日梦，每一个都关于他。

不知道前九十九个梦里他们是否结局圆满，百年好合。

小月从第一百个梦中惊醒后，意识到这场漫长的暗恋也该有个结局了。

当年，情窦初开的少女，看见篮球场上阳光俊朗、球技精湛的少年，顿时心生欢喜。她找了各种熟的或不熟的人打听那个惊鸿一瞥的男主角到底是谁。

久寻无果，又峰回路转。偶然与他在走廊擦身而过后，小月发现梦里的男主——小超，近在隔壁班。

一整晚，小月都抱着被子傻乐，感叹这就是天赐的姻缘！

隔壁班的又怎样，一起玩得多了就熟了。

何况小超的同桌还是她朋友的幼儿园同学呢！这关系怎么都攀得上。等小月摸清小超的喜好，写了封长达五页自己实在满意的情书后，却发现梦里的男主角已经有了出双入对的心上人。

少女时期的暗恋总是这样曲折，小月似乎更惨一点，因为那个心上人就是她朋友。小月拜托她朋友向小超的同桌打听消息，同桌却误会了朋友对小超有好感。

为了幼儿园一起尿床的情谊，变着法儿将两人往一起凑。

那些聚会小月是跟着她朋友一起去的，第八次小超才记住了她的名字，她还高兴得多吃了几碗饭。因为有她天仙儿一样的朋友在身边，能注意到她已经很不容易了。

当时的小月还没抽条儿，在班上，她被同学们称为“四大金刚”之一，青春时的玩笑总是不经意就刺伤了人。

几个月的相处，小超和朋友顺理成章在一起了。

容貌相称的两人走在一起谁见了都说好。只有小月一个人酸得冒泡儿，却不舍得与朋友绝交，这样还能经常见到小超。

年少时第一个喜欢却没能得到的人大概都会成为心头的白月光，多少年在心里都忘不了。从那之后小月就开始了属于她一个人的漫长爱恋。升学、考试、工作……看着小超朋友圈的各种信息，她也会跟着高兴、忧虑和担心。

每逢节假日，只是收到回复，她都会兴奋很久，可能是觉得他们之间还是比陌生人好了一点儿。但仅凭这一点儿联系，不懂她怎么就坚持了那么久。

小月有一个本子专门记录她做的各种梦。她几乎夜夜做梦，梦里天马行空，很多梦都很有意思，睡眠不好带来的困扰也能被忽略。本子里有一些梦是带着粉色编号的，是关于小超的梦。

这些有着粉色编号的梦一直到第九十九个还用着甜甜蜜蜜的句子，写得很长。第一百个却只有慌张的数字加无言的省略号。

做第九十九个梦之前，小月见到了小超。很久远的见面，久到小月在小超面前晃了三圈他还是没认出她。

她忐忑地说了声："你好。"

小超的眼里满是陌生，她只好自我介绍。

小月的变化很大，抽条儿后的个子长到了一米七，又白又瘦，双眼皮的大眼睛在巴掌大的脸上很好看。之后两人客套了一会儿，发现是一个航班又交换了联系方式接着聊，最后分开前都已经聊到小超的前女友了。

小月也从小超眼中看出了惊艳，回家就做了甜蜜蜜的九十九号梦。之后小超经常约她出去玩，却从未明确两人的关系，这种态度让小月有些焦灼。她也曾听别人说小超花心，但没放在心上。自己喜欢的人，怎样都是好的。

在做了第一百个梦以后，小月决定找小超表白。

她想象过很多场景，但结果还是让她惊讶。

小超说："我知道，你从前就喜欢我。现在都是成年人，一起玩玩可以，你这样说开让我太有负担了，以后别联系了。”

小月有些不知所措，她之前日日盼着那些白日梦成真，一个人的空欢喜能有爱人分享，却没想到成真的是最后一个，差点儿成为梦魇。

这样结束也好，谁年轻时没喜欢过几个人“渣”，白日梦醒了，就别再迷恋了。

• • •

♡ ◯ ↷

猫小姐的第七任前男友

文 / 长木

春节假期正是和各路朋友会面的好时候，多日疲于繁多的聚会，终于有时间，选了个阳光明媚的日子，约猫小姐吃甜品。

猫小姐是我的小学同学，到初中都过得顺风顺水，高中时却出了岔子。

父母离异后又各自迅速再婚，这样的变故让猫小姐的性子从温和、软绵变得冷漠又张扬，不再和从前的朋友相处，有了很多社会上的哥们儿，也逐渐有了各种青少年不该有的坏习惯。

从前的朋友很难劝慰她，我也被她冷淡了两年，大学后才又开始联系。她说，之所以冷漠，是因为从每个人眼中都看到了该死的同情。

这样的目光让她尴尬且无法立足，只能花式叛逆，让那对不负责的父母来收拾烂摊子。

当时听这话很唏嘘，现在亦然。若不生变故，少女最明媚的那几年也不会成为猫小姐的遗憾。

我坐在甜品店翻着猫小姐的朋友圈想着从前，她果然又迟到了，大半年不见也丝毫未变。纵使她现在不似那几年，时光还是留下了她爱迟到的习惯。

“就不能准时一次吗？”给她发去了内心最强烈的期盼外加咆哮的表情，满意地抬头，却看见一个熟悉的身影，前两天聚会刚见过，有些惊讶，这时就只希望猫小姐能更晚一点过来才好。

那是猫小姐的第七任前男友，叫彦瑾。

他也是猫小姐的最后一任前男友。从此之后，她又慢慢变回温和、阳光的样子。

他也是猫小姐心里最放不下的人。

并不是因为彦瑾对猫小姐有多好，给了她多大的正面影响，才让她有了改变。相反，跟彦瑾在一起的那一年是猫小姐最叛逆疯狂的一年。

彦瑾是问题少年，在学校小有名气。

猫小姐跟他熟悉后火速跟第六任分了手，和他在一起。

旁人都看得出彦瑾游戏的态度，偏偏猫小姐一头扎了进去。每天跑到教室对彦瑾嘘寒问暖，看得我忧心忡忡，劝了她。

她还是那副冷漠的态度，还得了彦瑾几声嗤笑，我也就不管了。

可后来，他们终究是分手了。在猫小姐被她爸揪着头发，当着百来同学的面打了一顿之后。

猫小姐跑来问彦瑾原因，而他头都没抬，只说了句："玩腻了。"

就像是模仿小说的常见桥段，这么生硬，听烦了的一句敷衍。

猫小姐后面又来了几次，最后都无功而返。

这次之后，猫小姐突然懂事了，开始改变。再次熟悉后，我问了她那样爱着彦瑾的原因。

她沉默了许久才说："那时我太偏激，父母有责任，但选择在我，他们依然还是很爱我，但我只看到自己的惨。偶然知道我与彦瑾经历相似，或许他更惨。而他的眼里没有同情，没有悲哀，只有淡然。我想找一个人互相取暖，但不知道彦瑾冷漠如此，对他倾其所有，他却视而不见。”

彦瑾的经历我后面听过，确实更复杂无力。

猫小姐到现在还未放下，却不愿再找他询问，她说：“可能我一直放不下的不是他这个人，而是那段时光，或者是年少时付出的心为什么没有被珍惜。”

聚会时见了彦瑾，终究是没忍住问了他。

他也已不像少年时那样充满戾气，但仍旧默然，说：“猫和我还是不一样的，她还有人关心，哪怕她爸打了她。而我，从未有人过问。猫说她不喜欢被同情，我也是，但是她的每个举动还是带着同情与可怜，我很难接受。”

我未将他的话告诉猫小姐，因为没有详细了解他们曾经的相处模式，不知道这样说给猫小姐听，会不会给她更大的打击。

在我看来两人分手都是因为年少时的青涩和自以为是。这样的时候我们都有，一份不可得的爱终会放下。

彦瑾买完东西十分钟后，猫小姐才匆匆赶来。

你看，错过就是错过。

♡ ◯ ↷

离别只需挥挥手

文 / 冬菇

知荔得知前男友阿晋新婚的消息是在银滩的海边，从在手机上看到消息的那一刻起，她觉得有什么东西从身体里失去了，就好像是海浪从礁石离开，但下一次再次涌上来的海浪已经不是上一次来过的了。

到了此刻，她才真切地发现，她是真的失去了他。

当年分手的理由很简单，无非是一个志向远大的姑娘不甘留守小城，而脾气温和、脚踏实地的青年不想当游子离开父母而已。

他们的分开没有太多的争吵和怨怼，当时双方都平心静气地接受了这个分手的原因。

然而他们的内心并非表面看起来那样平和，尽管他们还可以正常地评论、点赞对方的朋友圈，也可以在节假日互发红包说一些寻常的祝福语。

看似放下，实则未然。知荔在大城市努力打拼，即便是胃痛到再难受都是吃了药继续扛，只为了证明给阿晋看，她志向远大并非只是说说而已。

而留在小城的阿晋也不甘示弱，他始终没有忘记当初知荔说过的那句话——大城市的一张床，也比小城市里的一间房要好。

自从接手父母的公司后，他改革了以前的生产线，摒弃了原来固化的管理模式。而原本不温不火的生意，因为阿晋的缘故，走出了本省。

与其说他们俩是为梦想而努力，倒不如说是为了在对方面前争一口气。

一次商贸交易会，分手多年的恋人再度相逢。

此时阿晋是前来参加交易会的商家，而知荔是整个大会活动策划团队的队长。

这是阿晋带领自己的公司进军大市场的第一步，却不知道这是知荔离开岗位之前策划与管理的最后一个活动。

知荔看似意气风发又成熟冷静，但如果仔细看，就会发现她眼底的疲倦就像是倾倒了城市的大雨那样猛烈。

这些年知荔沉迷工作，罔顾自己身体的不适，熬到了高层的位置。但她并不快乐，因为她发现自己所谓的努力都是为了证明给别人看。她的选择是对的，但却没有在乎过自己到底想要的是什么。

递交辞职报告的时候，知荔发现自己一刻也等不了要回到小城去。她花了有点长的时间去明白“此心安处是吾家”的道理，所幸还不算迟。

如果不是这次重逢，知荔不会发现阿晋言辞间流露出对繁华都市所带来的效益的向往，像极了从前还没离开小城，对未来充满憧憬的她。

知荔在心底暗自苦笑，他们兜了那么大的圈，才算是找到自己真正的归宿。

知荔当初那么希望阿晋可以跟自己一起走，只因为清楚这个青年并不属于这座闭塞的小岛。他当时只知道“父母在，不远游”，却不知道还有下一句“游必有方”。

如今他们也算是各得其所了，知荔真心实意地与阿晋握了手，并说了许多祝福的话语。

转过身，从此她走她的绿茵小径，他走他的康庄大道，而这一切都是他们苦苦探索过后才找到的道路。

爱情在人生这个大命题里，有时的确是有着举足轻重的地位，并非一个摆设或者调味料。很多时候放下一段置了气的感情，也许就是一段崭新生活的开始了。

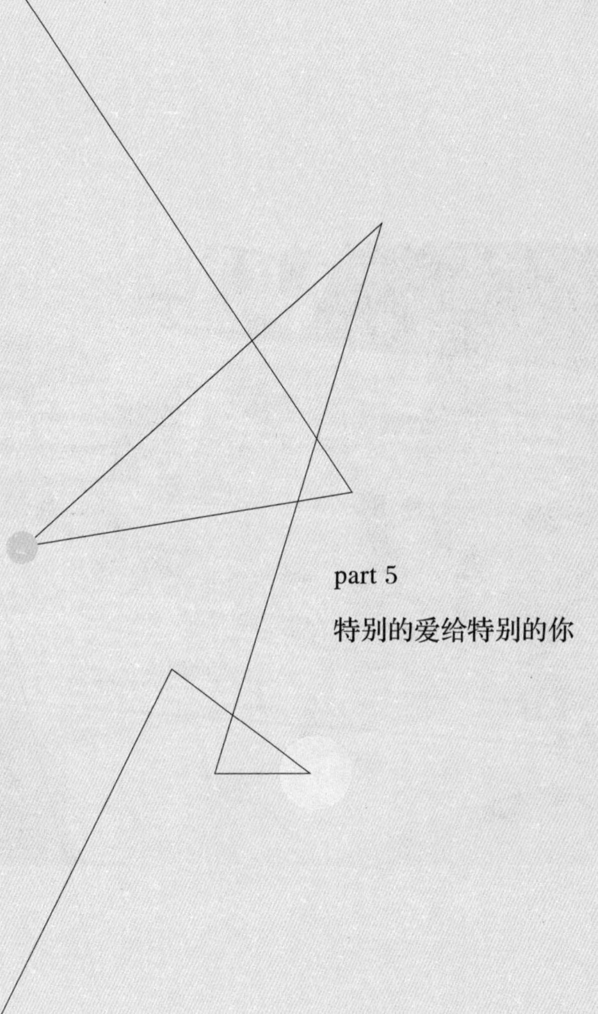

part 5

特别的爱给特别的你

♡ ◯ ↱

总有人陪你一起少女心

文 / 小锅

我的钱包里一直塞着几张大头贴，上面是我和朵爷大学时候拍的，两个人的手臂扭曲地比了一个爱心，大头贴上还写着“新新人类”“时尚先锋”这种令人尴尬的标签。

有人说，我们两个人很好地诠释了“狼狈为奸”这个成语，一个人要做什么事，另一个人绝对第一时间附和。即使要去“杀人”，也会互相为对方放风，然后一旦发现有什么不好的情况，立刻拔腿就跑。

当年我们住在一个寝室，另外两个女生几乎不回来，所以寝室里基本只有我们两个人住着。

幸好我们俩都是比较随意的性格，即使我开着音响玩一通宵的《劲舞团》，她也能酣然入睡到天亮，不会横眉叉腰指责我扰民。

但有时候我想把她从窗户里丢出去。

有一次，我好不容易从同学那里得到某著名恐怖电影的珍贵资源，兴致勃勃地下载了。正当我看到披头散发的“女鬼”从黑暗的楼梯上缓缓爬下来时，身后突然传来一阵轻快的唢呐声。

我扭头一看，她在那边看《武林外传》。

说真的，当时我的杀心都起来了。但是转头想想，我应该是不敢一个人睡寝室的。

算了，留下她。

被打断的我，也没有兴致继续看下去了，只好拖着椅子去她那边，和她一起看《武林外传》。

后来的几年里，我们俩闲着没事就翻来覆去地看这部电视剧。八十集的电视剧，我们至今都能背得出里面的任何一句台词。

我这个人从小就怀着一颗少女心，连买个纸巾都要买上面印着 Hello

Kitty（凯蒂猫）的那款。

刚工作时，大家的工资都挺少，但是一聊起未来的家里要怎么装修都兴致勃勃。

我说我要放满一屋子的Hello Kitty（凯蒂猫），墙也要刷成粉红色的。

她听完，一脸惊吓的表情：“好恶心，我以后可能不会踏进你家门一步，我最讨厌粉红色了。”

今年我去她新装修完的家里参观，看见她昂贵的皮沙发上，赫然摆着一只粉红色的长耳兔玩偶。

都说女生到了一定年龄，就会突然拨动超爱粉红色的这根弦，看来这句话是对的。

现在，她就坐在我的对面，我们中间还隔着一堵墙，我能从下面看见她的腿。

每天早上来都习惯性地弯腰看一眼，看她今天是不是又迟到了。偶尔也会用脚踢一包零食过去，因为两个人都懒得走这几步路。

现在网络上对“闺密”这个词太苛刻了。

对我来说，闺密就是世上那个最温暖的人，永远有共同话题，永远心有灵犀。

我和她之间很少说那种肉麻的话，认识超过十年还混在一起，还有什么比时间更肉麻的。

因为，我们比情人，更死心塌地。

♡ ◯ ↱

那些再也回不来的夏天

文 / 小锅

长沙的夏天挺变态的，昨天还热得喘不过气，今天就得瑟瑟发抖地套上秋裤。

一个星期里总有那么一两天，临近下班的时候，突然下起倾盆大雨。

我是不太喜欢夏天的，因为我非常怕热，怕到什么程度呢。

举个例子吧——曾经和心仪已久的学长出去逛街，那天很热，街上的人也特别多。学长几次想拉我的手，都被我不着痕迹地抽开了。

难道我不想拉学长的小手吗？

不，只是因为学长的手，烫得像块炭一样。

握不住的炭，就丢了它！

当然最苦的，还是在大学住寝室的时候。

那时的寝室里都没有空调，只有头顶两个又破又吵的大风扇。即使风扇摇起头，也只能吹到床边。

我们就在地上铺个席子，旁边四个角各摆上一脸盆水，像举行某种神秘的仪式一样。而我们就睡在中间，躺在地上看潘玮柏的童年照片，“哧哧”地笑了一宿。

那时的笑点，也挺奇怪。

虽然不喜欢夏天，我却对夏天里的一些事记得特别清楚。

记得有一次，室友A支支吾吾地问我和朵爷，能不能陪她去一下食堂。有个女生硬说A抢了她的男朋友，约了A在食堂谈判。

我和朵爷从来没有见过这种场面，当即就有些兴奋，端着手里没吃完的麻辣烫就去了。

食堂里热得像蒸笼一样，A和那个女生坐在前面，我和朵爷端着麻辣烫坐在最后一排，一边吃，一边暗暗地猜测。

比如，如果谈判失败，恼羞成怒的女生和A打起来，我们是不是也要一起过去扯头发。

我突然有些期待，因为我从小到大还没和别人打过架。

突然看见那个女生掏出一瓶撕掉了包装的饮料，十分可疑。

“硫酸！”

我们的脑袋里冒出两个字，突然就紧张起来。要是那个女生真的泼硫酸，我们要不要过去帮忙。

“我不想毁容哦。”我都要吓哭了。

事实证明，真的是我们电视剧看多了，那只是一瓶普通的饮料。

不到十分钟，A 就和那个女生谈完了，过程十分平静，导致我们两个围观的人有点失望。

“是不是‘渣男’劈腿的故事？”我带着最后一点点期待，问 A。

A 扒拉着我碗里的麻辣烫，平淡地开口：“是她搞错人了。”

什么？！我在这边热得快昏过去了，就等着听八卦，结果就等到这样一个答案！

从那天起，我的爱好就从言情狗血剧，转向了恐怖悬疑片。

夏天还有一个很讨厌的地方——不能披头发，不然一旦出汗，头发全粘在脖子上，特别难受。

今年在夏天还没正式来之前，我就去剪了个短发。

看着镜子里的自己，我不由得感叹道："我还是适合短发吧，以前长头发显得脸特别大。"

朵爷在旁边冷哼一声："你没把打了瘦脸针这件事算进去吧，而且你以前胖多了。"

我轻飘飘地看了一眼她的胸口："你大学的时候……那里也胖多了。"

夏天来了，该做的工作还没做完，想去的地方也还没有去，很多说好想在春天完成的事，都一而再再而三地搁浅。

不过幸好，你们都还在。

♡ ◯ ↷

那时我们正年少

文 / 小锅

前几日闲聊，小十年感叹说，自从毕业后就再也没见过一米八几的男孩子了。

我想了想，在这几十年里，我也只认识过一个一米八几的男孩子。

那时候刚开学，我眼下长了一颗巨大透亮的针眼，看男同桌冷漠的嘴脸就知道，应该挺丑的。所以刚开学那几天，我几乎都低着头看书，不怎么抬头活动。

当时他坐在我后排，在某次自习课上，他传了张小纸条过来——能不能把你的《当代歌坛》借我看看，就是你刚才看的那本。

其实我心里是不愿意的，那期封面是我当时的偶像谢霆锋，不舍得借给外人。

不过最后还是勉强借了，第二天拿回来的时候发现，内页的谢霆锋全部被剪走了！心疼得我眼泪都差点掉下来，恶狠狠地拿起他的作业本剪了个稀巴烂。

他全程目瞪口呆地看着我剪，之后一声不吭地出去了。

那天晚自习，我的桌上放了一本全新的《当代歌坛》。

直到我们熟悉起来才知道，他当时是给暗恋的女生借杂志。那个女生和我一样，也是谢霆锋的粉丝。

不过我那次失心疯的样子，被他笑话了很久。

后来在我的影响和逼迫下，他也成了谢霆锋的粉丝，我们还约好以后去香港看演唱会。

在高中，一对男女同学的关系稍微好一点，就容易传出点什么，连班主任都会意味深长地提醒我，要以学业为重。

高二的时候文理分班，我选了理科，他在文科班。

因为不在一个班，只能课后在走廊上偷偷接头，互相交换谢霆锋最新的磁带。

虽然现在谢霆锋都改行做菜了，但听到他的歌还是会感动，会想起当年循环播放它的日子，就连当时的心情，都记得一清二楚。

不止一个同学满脸暧昧地问我，他是不是喜欢我。

我想起偶尔几次经过他们班，看见他和班上的女生亲密打闹，笑得一脸春风荡漾的样子。

我说，我们只是好朋友。

接下来好几天我都没去走廊，正好其他班有个男孩子向我表示好感，一下课就来找我玩儿。

在学校的游园会上，我独自守着班级的摊位，正好那个男孩子路过，就停下来聊了一会儿。

已经不记得当时说了什么，我正笑得乐不可支，突然看见他就站在前方，面无表情地看着我。

气氛有点尴尬，我想轻松跟他打个招呼，结果他扭头就离开了。

再后来直到毕业都没有再联系，我只听说他入伍了。

再次接到他的电话，是大一的时候。

他笑嘻嘻地在电话里说，他们每个星期可以打一次电话，他第一个就打给了我。

我开玩笑说：“哇，这么荣幸，你喜欢我啊？”

当年纠结了无数次的问题，就这么轻松地脱口而出。

他愣了一会儿，然后哈哈大笑，道：“听说谢霆锋在长沙开演唱会，你去了吗？”

其实我心里已经后悔问出那个问题，幸好他生硬地转移了话题。

那天我们聊了很久，他聊他的战友，我聊我的大学，直到寝室熄灯了才挂断电话。

之后，我再也没接到过他的电话。

那时我们正年少，或许是比友谊多了一点，所有不可说破的情愫都隐藏在了平时的打闹嬉戏中。

其实这样，也是一个挺好的结局。

现在每每能够想起来的，是一人一只耳机分享同一首歌曲，是在人群中互相交换一个默契的眼神。

现在的你，是否也想起了哪一个同学呢？

♡ ◯ ↱

傻白甜小姐的第六感

文 / 菜菜

某天刷朋友圈，突然发现小白做起了代购，当时的第一反应是：她的微信被盗了。

我赶紧打电话过去问情况，结果她是真的在做代购。

我好奇地问她："美国的学习不是非常紧张吗。你哪儿来的时间做代购啊？"

她笑嘻嘻地回答："我也犹豫了很久，怕耽误学习。我刚来这边的时候不是找了兼职吗，工资很低，还不够日常生活费。看到这里很多留学生都在做代购，所以也想抽点时间自己做。"

从对话中我能听出她很开心，话也比以前多。

"你有什么要代购的，找我就好，一定给你最低价！"

我不是很看好从小娇生惯养的小白，想劝她：“代购很累，你要不要换个……”

“我相信我一定可以做好！”

我吐槽她：“是谁给你的自信，‘美国队长’吗？”

“我的第六感！真的，我以前什么都做不好，也没有什么兴趣爱好。从小到大，我都是听父母的，大到学什么专业，小到穿衣风格，都是我妈帮我安排好的。可是，我不想一辈子都过父母安排好的生活，我想过我自己的生活。”

自从我们毕业后，小白一直处于迷茫期，找不到喜欢的工作，对什么事都提不起兴趣。直到半年前，她决定出国，我挺惊讶的。

我以为她会听从家里的安排去考公务员，然后结婚生子。无论怎样，绝对不是出国。

她去美国之前，我们聚过一次，说不出当时什么感觉，只是突然想到小学课本上的一句话：如果你爱他，就带他去美国，因为那里是天堂；如果你恨他，就带他去美国，因为那里是地狱。

我觉得，对小白来说，美国就是地狱。

快节奏的生活她是适应不来的，而且她的自理能力那么差，在异国他乡她一个人真的能过得下去吗。更别说美国的种族歧视。我甚至能预见她在那边的孤独和无奈。

可是谁也没想到，在短短半年的时间里，她变得开朗，变得自信。她不仅将自己的生活打理得井井有条，甚至“事业”也慢慢步入正轨。

现在，她再也不是以前那个任同学偷偷嘲笑“人傻钱多”的“傻白甜”女主角了。

小白以前认为自己什么都做不好，认识她的人也都这么认为。

一个家务活都没做过、生活在象牙塔里的女孩子能做什么呢。除了被好好地保护起来，我实在想不出其他来。

其实我们这代人，这类性格占多数。我们生活的年代是没有太多磨难的，大家都习惯了安逸的生活。有很多像她之前那样一直生活在童话里的公主，也有很多像她现在这样“思考人生”过后去改变自我、突破自我的女生。

但无论是哪种，我们都应该去尝试，不是吗？

而作为朋友，我除为小白终于成长感到高兴之外，最重要的，当然是终于找到一个靠谱的代购了！

SiSYPHE
西西弗书店
PARK BOOKS & UP COFFEE
SISYPHE BOOKS
PARK BOOKS
西西弗书店
西西弗
Reading Time
Just Book Just Life

♡ ◯ ↱

愿有一日再相见

文 / 长木

前段时间接到母上懿旨，回家收拾杂物。

这是有轻度洁癖的母亲最大的爱好，我和妹妹再不乐意也只能乖乖遵命，但这次有惊喜。

看到妹妹从她的破布包里拿出许多我少年时的照片，真是哭笑不得。一度以为在搬家时弄丢了，还可惜了很久。

失而复得，弥足珍贵，很欣喜，但我更想揍她一顿，喜欢藏姐姐东西的这个习惯可不值得夸赞。

那些照片中最珍贵的是初中的毕业照，它纪念了我的花样年华。再看照片，有些名字已经记不清了，不是不长情，总有一些交往少的，就如过客般慢慢淡出了记忆。但有关那个站在最后一排角落里，笑得一脸憨厚的少年的记忆仍然鲜活，并没有随着日月的更替而褪色。虽然，我已经许久没有听到他的消息。

少年是我初中时期的最后一个同桌。

我初中所在的班级是全校出了名的差班，并不是差在成绩，班里还有几个名列前茅的学生总能在开学大会上拿到可观的奖学金。

让学校头疼的是我们班的纪律。真的很巧，几乎所有怀着青春激情要闯荡江湖的“坏孩子”都分到了我们班。每天江湖义气，打抱不平，直到换了第四任班主任才有所收敛。

有趣的是，当时的我并不觉得自己的班级有多差，而且我们班的“好孩子”和“坏孩子”相处得很融洽，老师也无可奈何。

现在想想，当时的我们确实是有些活泼得过了头。班上除了“好孩子”和“坏孩子”，还有一些孩子，他们没有好成绩，融不进“好孩子”圈，性格不活泼，“坏孩子”也不愿意带着他们“闯江湖”，那个少年就是其中之一。

在我的印象中，少年没有朋友，吃饭总是独来独往，跟他一个班的表弟也不常跟他说话，但他脸上却总是带着憨厚的笑。

班上有很多人会让他帮忙擦黑板、倒垃圾、带零食、打扫、考试时抬桌子到很远的食堂，一切都是那么理所当然，他也笑着接受。一直不了解他这么无私的想法，因为并没有很多人感激他的善意，也没有人因为这些与他成了朋友，反倒因为过于憨厚而被别人称作傻子。

我一直未曾与他有过太多接触，直至最后三个月和他成了同桌。

那时的我脾气还未收敛，周围环境有一点儿波动就会焦躁。我请求老师换一个安静些的同桌好让我在考试前沉下心学习，于是迎来了少年。

他很安静，一天说五句话都算多的了，我也未曾在意。后来我才慢慢发现，他会在我做题忘了值日时帮我擦好黑板，帮我整理桌上收来的杂乱不堪的周记本。

那些零碎的事他都做了，我也就有了更多的时间做题。

现在来看，他真的是绅士、暖男，但那时的我还没有现在淑女，只是疏离地道谢。后来休息时与他闲聊，还说如果他将这些时间用来做题，早不是倒数第一了。

他仍然憨厚地笑着，说："我小时候发高烧，烧坏了脑子，学不好。我爸妈也没指望我考个好成绩，他们说以后学个手艺或者回家种地都好。但我还是很羡慕你们能很快把题目解答出来，也羡慕你们有很多朋友一起玩儿，真好。"

少年的语气中带着深深的落寞与向往，让我说不出什么，只是笑了一下。后来一有时间我就会与他闲谈，他说他不聪明但很喜欢机械，以后想学修理，还说他以后要多说话多交朋友……

再后来毕业了，我就再也没见过他。

一别经年，不知道他是否成了曾经向往的模样。

同学中也没有人联系过他，或许他已经拥有一个小小的修理店，跟他喜欢的机械在一起；或许他已经能言善道，有了爱人、友人的陪伴不再孤单……我想象不出，只是希望他一切都好。

我们终日忙碌，有些回忆却越来越深刻，经常想念那些青葱岁月，想念那个温暖的少年。

来日再见，我将以何对你？

以微笑，以祝福。

♡ ▢ ↱

差不多，非天生

文 / 纪十年

每个班级可能都有这样一群人——优秀自信、声色动人，或安静，或活泼，总能让你觉得恰到好处。

“差不多小姐”遇到了，她多想加入那个圈子啊。

可她有什么呢？

差不多的成绩，差不多的相貌，差不多的努力。

直到她看到一部电影，男主角说，特别美和特别丑的人都很特别，而你就很一般。

就是丢在人群里找不到的那种一般——会心一击，不过如此。

她的作文比较好，也只是比数学和化学好。

语文课。

老师挑出一批作文，让小圈子里的人朗诵，因为她们声音甜美，因为她们读起来声情并茂。

读完“差不多小姐”的作文，老师说，这里也有反面教材，好了，咱们来点评一番。

小圈子里的女生们一个个地站起来评论，轮到浅浅了，浅浅扫了一眼教室里的同学，那会儿，她腰背挺直，淡定从容。那副神态，往后许多年，差不多小姐都刻骨难忘。

视线与“差不多小姐”对上，浅浅淡然一笑，说：“你不觉得同类题材太多了吗？”

那段时间，“差不多小姐”刚经历友情的波折，作文的主角是她的朋友们。她自己知道，作文的遣词造句谈不上精彩，立意也不怎么动人，但写都写了，还能怎样。

她也不知道，她与浅浅会有如此对垒的机会。

如果知道，她应该会熬夜写好一个精彩的故事吧；应该会一遍遍地努力修正作文里的错别字；应该也会用上好几个成语，记下好几个美句。

为什么呢？

因为“差不多小姐”很喜欢浅浅。

一如喜欢她们精彩的小圈子一般，她喜欢浅浅的明媚与张扬。

浅浅是想考中央美术学院美术史专业的，作文从来都让人拍案叫绝。

她的部落格，“差不多小姐”偷偷看过很多次，那样的文笔，“差不多小姐”觉得自己十年内都难以企及。

她是因为浅浅才想好好写文呀，她是因为浅浅，才想变得自信开朗，也是因为浅浅，才在往后多年渐渐努力，成为一名作者。

可那时候，谁知道以后的事儿。

作文课堂上，浅浅在质问她——

“你不觉得，文笔一点也不精彩吗？”“你不觉得，这个故事一点也不动人吗？”

“差不多小姐”看着浅浅，四目相对，哑口无言。

她哪里是差不多，简直是差太多！

往后的日子里，“差不多小姐”越来越安静。

浅浅拿第一名，浅浅写的作文获奖，浅浅考上了梦寐以求的中央美术学院。

“差不多小姐”过着差不多的日子，安静地旁观浅浅的朋友圈。

她在上学，浅浅半工半读。

她开始写故事了，浅浅已经拿起了一块五毛钱一个字的稿费。

她在为千字一百的过稿沾沾自喜，浅浅成立了工作室，向孩子们宣扬美术史。

她们之间，好像永远都差了一步。

后来啊，“差不多小姐”熬夜写长篇故事。她写周薄暮与秦唐，写俞绵绵与顾心，写徐墨白与顾椰，这些人，不论善恶，却总有一腔孤勇，是青春里，“差不多小姐”没做到的孤勇。

她没有走到喜欢的男孩子面前，说一句话喜欢；也没有走到浅浅面前，说一句，我们做朋友吧。自始至终，她都没有走进那个精彩的小圈子，不曾像她们一样自信张扬。

可，她真的成了一个写故事的人。

再见到浅浅，她问：“你还在写作吗？”

浅浅顿了顿，说：“没有，我很久都没提过笔了。”

哦，这样啊。

曾经才华横溢的少女，在不知不觉中，原来已经放弃了。

“差不多小姐”沿着长街慢慢地走，她还在想，原来结局竟是这样。

♡ ○ ↷

没有人再像他

文 / 纪十年

很久以前的杂志话题里，我提到过一个男孩子，是我旅行途中遇到的。

那一次旅行出去了一个月，先去的北京。

因为我挚爱全聚德，挚爱将外酥内嫩的烤鸭包裹在柔软的皮儿里，加上大葱，刷上面酱，一口咬下去，那样的感觉就像是初恋。然后，从北京到天津，去塘沽吃虾，再去青岛吃蛤蜊，辗转到了美人如云的江南——在鲁迅先生的故乡，盛产黄酒的绍兴，我遇见了他。

印象里有三幕，第一幕是在青年旅馆里，我坐在靠窗的角落里写写画画，另一个被我称作“小清新”的摄影师在修图，这个男孩子坐在旅馆台阶上，和众人在拍一张合影。

太久远了，记忆里，男孩一脸桀骜，嘴角浮着不羁的笑，在阳光下略微眯起眼睛。

第二幕是世界各地的驴友们在一起谈天说地。大家都算是有故事的孩子，那时候的我还是一个穷游的学生，旅行坐硬座，走走停停，一出门就是去十个城市。

男孩子凭着自身的机灵劲儿做点儿小生意，自己赚旅费，全国各地到处闯荡。

那个叫“小清新”的摄影师呢，他第一次独自旅行，有说不完的兴奋。

那一天，我们从夜晚谈到清晨，其实，是我和男孩子一边打盹，一边听“小清新”讲故事讲到凌晨。

第三幕，回家之前，三五个驴友坐在一起，喝酒吃饭，聊的什么不记得了，大抵是对未来的期许。

因为过去的已经过去，那时年少，韶华倾负，一眼看去，都是璀璨的未来。

后来呀，游人都走上了归途。我开始认真地做毕业设计，沉溺于复习与考学。我以为生活就该这样按部就班，说要摘星，今天就得出发。谁知道呢？谁知道绍兴环山路上遇见的男孩子们会过上截然不同的生活。

当初因为一次出行兴奋到彻夜聊天的“小清新”，背起包踏上了欧洲大陆，不会几句英文，操着带港味的普通话，说走就走，潇洒不羁。

我对着文档写《小情劫》时，他在雪山下瑟瑟发抖；我在纠结俞绵绵究竟和谁在一起时，他在埃菲尔铁塔上调侃法国人拍照技术不怎么样；我在熬夜签名时，他可能已经折返中国，去西藏看苍蓝的天空。

而当初在旅店谈天时昏昏欲睡的男孩子，到今天，还是没有稳定的工作，时而出没在尼泊尔，买一点蜜蜡与鸡血藤，时而出现在重庆的某个山林里，用他自己的话来说是：闲时喝茶，忙时也喝茶。

那么，那次的话题里，我写了他什么呢？

我写的是他弄了一台直升机玩儿。

不是拼图，不是模型，是真的能升空的那种。

我是偶然在朋友圈看见的，直升机冲上云霄，穿梭在凛冽的空气中，那种感觉不是俊逸，而是震撼，是从民航客机上见不到的震撼。

你看，这几年世事变迁，我们所认为的努力工作，稳定的生活，也不一定能给我们十分的快乐吧。那些洒脱不羁、自由自在的生活方式，真实地存在于世界各个角落。

写完上一期话题，有人问：你的朋友买了直升机？那他是不是秦唐的原型？

不是。

一个是漂泊世界的旅者，一个是傲娇小公子，虽然都考上执照翩然于云端，一样的潇洒不羁，一样的挥金如土，但是，在我看来就是完全不一样的人。

为什么呢？

也许是因为，在我眼底，没有人会像秦唐。

没人像他，一腔深情掰开揉碎是八个字：不离不弃，一诺千金。

♡ ◯ ↷

给最特别的你

文 / 冬菇

人和人之间要怎么样才会彻底失去联系呢？

生病、搬家、绝交，还是失忆？

我们不过是普通人，所以我们会普普通通地淡出对方的生活，普普通通地不再联系。

嘉宝是我小学时期关系最好和最特别的朋友，她长着一张圆圆的脸，一双圆圆的眼睛，笑起来嘴角两边都有大大的酒窝，特别招人喜欢。

嘉宝性格活泼可爱，但因为行事为人过于特别，所以班里没有与她一起结伴下课的同学。

我跟她住在同一个地方，所以排队出校门的时候，我们被老师分到了一起。

本来，她沉浸在自己的娱乐报纸里，我沉浸在我的手工剪纸中，我们俩相对无言。

直到《天外飞仙》开播，为了下课回家可以第一时间看电视剧，我开始拼命赶作业，然后发现她居然可以一边走路，一边写作业！

我们对视了一眼，我火速掏出了我的作业本跟在她的身后。

从此，我们就建立了超越“一起写作业”的深厚友谊。

周末一起去公园钓鱼，她总是可以想出各种各样稀奇古怪的办法得到最大的收获；周五下课一起跑去小书屋租口袋书，她总是可以从千万本书里面找到最好看、男主角最迷人的那一本。

和她一起玩儿，可以壮胆。我们一起闯祸，一起受罚，然后一起想办法把事情圆回去。

在我眼里，她最好了，聪明、懂礼貌，知进退的同时又知道顺从自己的内心。她总是可以笑对人生的波澜壮阔，时不时蹦出几句金句来安抚你的情绪。

我胆小又怕事，军训那次丢了行李箱的钥匙，只有她陪我回去找。

经过男生宿舍的楼下，她被雪糕砸中，当时她仰起头教育那个随手扔垃圾的男同学的样子至今是我心中对“帅气”的定义。

行李箱的钥匙后来在我上衣的口袋里找到了，她也没有怪我迷糊。虽然她比我小一岁，但是她比我更看得开，更成熟。

记得一起告别小学校园的那天，我们的毕业照居然是唯一一张合照，说好要去照的大头贴纸也没有去照过一次。

像所有的小学同学那样，毕业后我们不再读一个学校，也没有机会再一起互相改试卷上的答案，更没有机会买同一家早餐店的肠粉……

很遗憾，但这也是长大必须经历的过程。

我翻开笔记本，即使已经记不起曾经学过的数学、英语，但一看到她的笔迹就会觉得很开心。在我的心里，始终没有把她忘记。

我得到过这段友谊，始终觉得很幸运。

不知哪天，如果嘉宝翻开纪念册，可会笑？

我写过的那些造作的留言，其实花的心思不少，今天再看希望也可以使她露出微笑。

她是我遇到过最有趣、最有主见的人。分开的日子里我们没有再联系过，彼此的人生轨迹已经完全往两个方向走。不知道她是留在了家乡，还是去了外地工作，我希望此时的她已经离理想的生活越来越近了。

即使已经不再是以前那个天真活泼的小姑娘，我也希望她不管遇到什么困难都可以顺利解决。

♡ ◯ ↱

与世界温暖相拥

文 / 冬菇

大月是我认识很久的一个作者，比起编辑与作者的关系，我们作为读者与作者的关系更长，而更多的时候，我们是两只抱团取暖的“咸鱼”。

认识她的时候我在一个辅导机构当老师，虽然每天只上半天班，但是带的都是小学生，几乎没有哪一刻是能安静下来的。我的工作是要一直把小朋友都哄到上床睡觉才能结束，从公司坐车回宿舍要二十多分钟，于是那段时间的我就在县城的晚班车上看小说。

如果非要用句话概括我们之间的缘分，那应该是“我正百无聊赖，而你正美丽”吧。

那个时候的我，在生活的乱流里挣扎着，努力不让自己心态崩溃，于是看小说成了唯一的调解方式，要看很虐的故事才能安抚自己备受打击的心灵。

那本书就是《深深爱过你》。会留意到这本书，无非是我站错了男主角，以为一开始出现的霸道冷总裁是男主角。当时已经不流行这一款总裁了，我就是好奇作者会怎么写。谁知道往下看，才知道这是一个述说一对恋人久别重逢的故事。

男主角冷淡性格，但并不霸道，女主角是少有的独立自主、有个性，我就这样一发不可收拾地“入了坑”。

本来我们的关系应该就这样止于网站读者与网站作者的关系，但是大月是个实诚人，我有一次给大月砸了一个“深水地雷”，大月居然找到我的微博让我不要再给她“投雷”，之后还给我发了红包！

说真的，一开始我觉得这个作者挺蠢的，有钱不赚。但是之后的相处让我更加确认，她是个特别“蠢”的善良人。

大概是我心里没有太多爱，只装着发财梦的缘故，对于这一类人，我都不太爱交往。但是大月的出现打破了我的固有偏见。

以前年纪小、见识少，认知狭窄，性格浮躁不够沉稳，对人对事都难以跳脱自身的立场去处理。自从遇到她，就像多了一个见多识广的老人家给我意见，走每一步都会安心。

独自在外这些年，我性格里养成的“逞凶斗狠”“善良是愚笨的”都在和她的相处之中一点点改掉了。虽然很多时候我们还是会有分歧，很多时候我都生气她的拖延症，但是我出来工作的这段日子里，给我最多支持的人，是她。

我们没有任何血缘关系，充其量只是通过网络产生了联系的两个陌生人，但因缘际会我们成了彼此不可或缺的存在。

我也因为她成为更和善、更沉稳的人，我觉得非常难得。我终于明白了“遇见一个人，然后生命全改变，原来不是恋爱才有的情节”那句歌词。我想对她说一声感谢，也想对她说，请不要放弃努力，我相信很多人会因为看了你的小说而在生活上有很大的改变。

毕竟，缘分是如此奇妙。

世界那么大，遇上我的人是你。

♡ ◯ ↷

谢谢你来过

文 / 纪十年

突然很不想写专栏，因为每一次写专栏，都是在回忆往事，有的往事快乐，有的不快乐。

前者晒出来跟现在一比，以前过的简直是神仙日子——读书时喜欢的人就在旁边，好朋友都在周围，看看操场上挥汗如雨的少年，数一数老师新长出来的皱纹，这一天就过去了。后者？后者太沉重，尽管后来觉得释然了，觉得事无不可对人言，但写出来还是不胜唏嘘。

比如说，我跟可爱姐的故事。

读书时我们一起吃饭上课，晚上一起散步，说一说喜欢的男孩子，聊一聊麻烦的女同学，友情来得理所当然。

大学毕业，我们一起去爬山，经过小书店，不知怎么各买了一本考研政治，就这样，稀里糊涂地决定去考研了。

省去那些艰辛的过程，考研很顺利。

我们毕业旅行去的是青城，喝酒，撸串儿，秉烛夜谈，然后，回到C城，念书，写论文，毕业……直到渐行渐远。

我们在同一个城市，上学跟的同一位教授，五年时间里，却只在教授的谢师宴上见过。还有一次，是可爱姐谈恋爱了，请我吃饭。

延续上学时的传统，谁恋爱了，就请好朋友吃大餐。

席间，我有点儿原谅世事了，好歹，它把可爱姐又还给我了。

尽管，下雨时可爱姐蹿到了男朋友伞底下，尽管吃饭时可爱姐坐到了男朋友身边，尽管那天我们聊得最多的话题是，她的男朋友想出一本画集，我有什么建议。

可爱姐不是坏人，她的画家男朋友也不是。

但我写到这段文字时，依旧有些心酸。

我们都是好人啊，我们什么也没做错，但是，曾经睡在一个被窝里的友谊，怎么说没就没了。

● ● ●

我以为考研成功了，我们有了更多的时间相聚。但是没有，我们要写论文，要做科研。我以为毕业了，我们有更多的机会碰面。也没有，我们要工作，我们有彼此的生活轨迹。

我已经习惯了，我们不再煲电话粥，不彻夜聊微信，我们即使见面，能聊什么呢。

聊五年前的人，五年前的事儿？

也许，我们依旧能相谈甚欢，但，这缺失的五年，我们谁也弥补不了。

我不想承认，但不得不承认，我们的圈子重合点越来越少了。就像初中同学考去了外校，离开前我们拍拍肩膀，没说“再见”。但后来，遇见了新同学，有了新朋友，就真的没再见。

我曾经想，就这样吧，我也和新朋友彻夜长谈，我们也一起看电影，一起爬山，一起旅行。

在很多个夜晚，我想，新朋友多好啊，新朋友帮我分担生活，新朋友对我如此体贴，新朋友住这么远，还为没吃早餐的我带一颗水煮蛋。直到现实给了我一记重击，教会我那些美好的往往虚无缥缈。

电影里怎么说的？

“这个世界不缺完美的人，缺的是从心底散发出的真心、正义、无畏和同情。”

书里怎么说的？

“处在你现在的位置，分辨朋友的真心和假意，是你一生的功课。”

美好的人太多，真实的太少。我在新朋友身上受了挫折，我在夜里难以入眠，我不知道如何自处，如何对待他……我曾恐惧，也曾迷惘。

那段日子短暂却很艰难，我走了出来，然后，我想起了可爱姐。

想起我们去爬山时，手拉着手一起走进那家老书店；想起我们大冬天去自习室里背单词，作业本上满满当当都是“abandon（放弃）”；想起那一年圣诞节，她给我织的白围巾……

我给她发短信，说：“等你有时间，我们见一面好吗？”

怕她在忙，怕她没看到，我说：“我想请你吃饭。”

可爱姐回：“怎么了？”

我吸了吸鼻子，故作轻松地道：“好久没聚了。”

她问：“你是不是出了什么事儿？”

我回复了一个表情之后，没有伤心；按灭手机时，没有伤心；深夜想起这一句疑问时，也没有伤心；但，写这一段话时，潸然泪下。

世事变迁，我们隔了五年，可她就在那里。

♡ ◯ ↱

愿你被这世界好好爱着

文 / 冬菇

元气小姐最近毕业了，但是我却因为身在外地没有办法回广州参加她的毕业典礼，后来还是在朋友圈里“云参加”了她的毕业典礼。

元气小姐之所以称为元气小姐，是因为她总是充满斗志，像是启明星一样永远不会熄灭。她是我青春时期最好的朋友之一。我们一起买言情杂志看，她买 A 版，我买 B 版，这一买就买了三年。

后来，我们一起给小锅投稿子，屡退屡投。她爱写霸道总裁文，我喜欢写邪教少主文。

那时候我们都没有笔记本电脑，于是不重要科目的课本、语文考试的奖品都被我们拿来写各种各样的言情小说，还在班里小范围地传阅。

记得有一次我们写的故事把班里的领操员虐哭了，课间的时候找到我们上气不接下气地掉眼泪，然后给我们复述她被虐哭的情节。

我们一边安慰她，一边对视。从元气小姐的眼里，我看到了一丝骄傲。

我们也一起说过梦想，我说我要去泰国当编剧，专门写豪门虐恋，让我喜欢的演员在我的剧本里面谈恋爱，最好还因为我的剧本在现实里修成正果。

她说要赚很多的钱，去很多地方旅行，到哪天不想继续走了，就来投奔我，我们一起当编剧，虐坏心女配角。

尽管知道现实会很骨感，但在尚且不需要为三餐发愁的日子里，我们还是暗暗地遥想过未来。

当时年纪小，跟朋友说过的未来现在听起来就像是梦话一样不现实，可是当初说这些话的时候，我们都是真心且一心一意地认为最终会实现。

之后，我们也经历了其他人都会经历的分离。

高考过后，她在多重的考虑下选择了留在广州读财经专业，而我就像以前无数次说过的那样，我要当我们很爱看的那本杂志的编辑，将所有志愿都填在了这边。

离开家之前，她送了我一个哆啦 A 梦造型的匙羹，忍着眼泪，说：“好担心你在外面吃不饱。”让我原本就要掉下来的眼泪，瞬间收回去了。

我现在很想对她说，不用担心我，我的同事对我很好，经常喊我去她们家吃饭，不介意我只会吃，不会洗碗。

我写下这篇专栏的时候，脑海里浮现出许多我们在学校嬉笑打闹的场景。我们一起在球场偷看校草；一起组织同学给生病的老师写信……那些琐碎又日常的事情，串联起来都是让我笑着红了眼的闪亮记忆。

在你即将离开象牙塔，进入社会之时，作为老友，我想对你说：愿你被这世界好好爱着，唯有如此，你才会对他人心存善意，坚持真我，不会为争一口气而报复他人不思上进，不会为突出自己而贬低别人。

因为我始终坚信，所有阻难，就像是夏日的暴雨，始终会在下午准时到来，而后转瞬就会被蒸发，之后还是好天气。

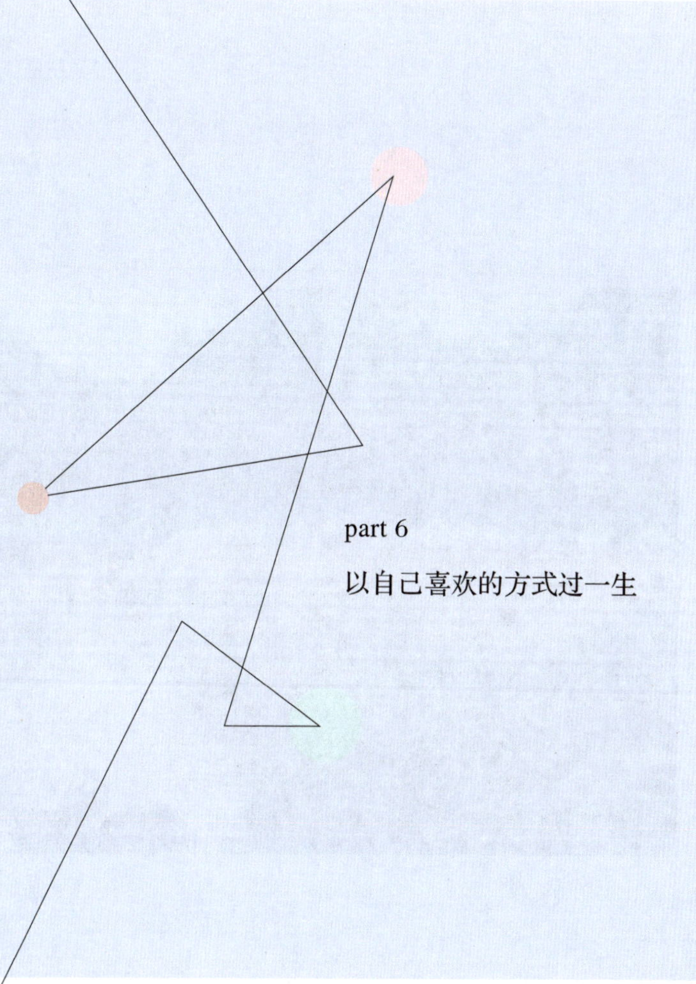

part 6

以自己喜欢的方式过一生

♡ ◯ ↷

每一个姑娘都很忙

文 / 大熊

爱情经常来得猝不及防，但往往消失也在一瞬间。

小锅曾经说起过她曾经暗恋的一个学长，长得特别帅，有点像郭品超。

打篮球的时候，会有一堆女生在旁边挥着小手绢呐喊："流川枫！流川枫！流川枫！"

她当时正在追郭品超演的《斗鱼》，于是对学长产生了一丝异样的想法。可她那时胆子小，又不屑于加入那堆挥手绢的女生，只是默默在窗户边围观他打篮球了一年。

终于有一次，他们在学校旁边的理发店相遇了。

理发店里大部分是来洗头的学生，还是自助洗头，就是上面吊个桶，人弯着腰在下面洗。她特地挑了个学长旁边的位置。学长正撅着屁股在那洗头，姿势非常娘。

她心里突然有点嫌弃，不过还没死心，继续在暗中观察，想找一个自然又不做作的搭讪机会。直到她听见学长放了个屁，还有一股难以形容的味道幽幽散开……

顿时，粉红泡泡全部碎裂，她回去就和同学调换了窗边的座位。

公司还有一个不愿意透露姓名的女同事，去小区里面的快递柜拿快递时，看上一个在跑步的小哥，色心大起。

她隔天就去商场买了一整套运动装备，当天吃完饭就磨刀霍霍地下楼跑步。

第一天她跑了半个小时，累得像一条狗一样瘫在路边，小哥看了她一眼，展颜一笑。

第二天她只跑了十分钟，速度和散步差不多，小哥只瞥了她一眼，飞快地从她身边跑过。

第三天吃完饭，她以龟爬的速度换上运动套装，准备出门的时候，突然发现外面下雨了，心里松了一口气，立刻蹬掉运动鞋，跳上沙发，心安理得地看起了电视。

那阵子萧敬腾正好在长沙录制节目，所以长沙一连下了好几天雨。

好不容易天晴了，她再也没有提起要下楼跑步的事。

对比一见钟情的运动小哥，她还是觉得躺着在沙发上玩手机更舒服。

《生活大爆炸》里，“谢耳朵”在好友霍华德的婚礼上致辞：“人穷尽一生追寻另一个人，共度一生的事，我一直无法理解。或许是我自己太有意思，无须他人陪伴，所以，我祝你们在对方身上得到的快乐，与我给自己的一样多。”

我相信，小锅趴在窗边上，一边看学长打篮球，一边已经幻想到以后他们的小孩要取什么名字时，内心是隐秘而快乐的。

我也相信，那个不愿意透露姓名的女同事，和运动小哥并肩跑步的时候，也是累并快乐着的。

有时候，我们没必要强求遇到一个人，而是让我们知道自己真正想要的是什么。

毕竟，爱情不是雪中送炭，而是锦上添花。

不管天长地久，还是一瞬间，爱的时候是真的。当然，不爱的时候，也是真的。

岁月那么漫长，还有那么多没有尝试过的人和事，每一个姑娘都很忙的，是不是？

♡ ○ ↱

怀抱梦想，静待花开

文 / 大熊

从日本回来的飞机上，我旁边的男生一坐下就从包里掏出一本厚厚的书埋头苦看。

我一时好奇心起来，用余光瞥了一眼书的封面——《英语四级美文100篇》。

午餐时间，全日空航空的飞机餐被称为“最优秀机上便餐”，可即便面对如此精致的日料，那个男生的眼神也没从那一百篇美文里挪出来。

可能是看他在看英语书，路过的外国人问了他一句话。

我还以为他会流畅地跟外国人对话，没想到他脸涨得通红，磕磕巴巴地用英语回了一句：“对不起。”

外国人耸耸肩走了，他丧气地把书一丢，开始有一口没一口地吃饭。

我忍不住安慰他："你别在意，其实我也没听懂他说了什么。"

男生叹了口气，说："过阵子就要考试了，我一点信心都没有。"

我说："考不过就再考一次，反正你还小。"

男生看着窗外的云层，淡淡地说："可是她不会等我的。"

男生名叫小新，其实他念书很勤奋也很卖力，可每次考试成绩就是平平，离学霸差一大截，高三那年拼了老命才考上了一所普通的大学。

在这个大学，他遇到了他生命中的女神小雨。

小雨是名副其实的学霸，每个学期拿着最高奖学金。而他呢，每门功课勉勉强强才接近及格。

马上就要英语四级考试了，小雨和他说，如果他这次考试过了的话，就答应以后和他一起去图书馆学习。

别人都说"笨鸟先飞"，可是小新无论怎么努力，还是觉得自己和其他人相差甚远。

为此，这几天他感到特别压抑，吃不好饭，睡不好觉，家里人带他出去旅游回来，也没任何作用。

● ● ●

他觉得自己快患上焦虑症了。

小新说，最痛苦的事，是其他人都可以，而我不行。

听他这么一说，我也觉得有点难过。毕竟有些事，不是光靠努力就可以改变的。

你看《阴阳师》里“R 式神”，即使长得再美，练得再好，也没有“SSR 式神”招人喜欢。但是，一旦选择了放弃，就意味着之前的努力都白费了，甚至连一丝希望都不会再有。

活在这个世上，最可怕的事，其实是失去希望啊。

我一边吃着第二盒飞机餐，一边和他说了我这几年的经历。我也曾呕心沥血地做一本杂志而失败过，在微博卖萌那么多年也还没混成一个网红。可我从没想过放弃，一本杂志失败了，那就再做一本更好的；做不成人人追捧的网红，就从小网红这个目标开始。

我们要做的，仅仅是怀着希望去努力，静待花开。

• • •

♡ ◯ ↱

不好笑的盖世英雄

文 / 大熊

有一个好玩的定律，一旦有人开口说“我给你讲个笑话”，那么这个笑话十之八九一定很难笑。

大野最喜欢说冷笑话，可翻来覆去就只会那么一个：有一只小企鹅，好不容易从南极走到了北极。它对北极熊说出来玩吧，北极熊说不玩，小企鹅说，哦，然后就回去了。

说完后，他自己一个人笑得前俯后仰，我们听的人被冷得起一身鸡皮疙瘩。

像这种笑话不好笑，但说笑话的人却觉得很好笑，看起来反而是这个人显得比较好笑。

大野最喜欢跟老师对着干，被罚站最后一排是家常便饭。

可他连罚站也不让人省心，趁老师在黑板上写字，就用扫帚跟最后一排的同学打闹。老师回头的时候，抓到他，又是一顿骂："罚站也不安分，给我站到外面去。"

他扔下扫帚，一脸无所谓地走了出去。

老师看他那副样子，又吼他："你给我老实一点。"

他脸上的表情顿时垮了下来，装出一副古怪的表情，问老师："这样老实了吗？"

同学们被他逗得哄堂大笑，老师则气得浑身发抖，拍着桌子要请家长。

他就是喜欢这种做焦点人物的感觉，昂着头走出去罚站了，像一只骄傲的公鸡。

也许这种焦点人物的感觉习惯成自然，所以无论什么事，他都喜欢抢着出头。

班上有个女生被学长写信追求，女生不愿意，学长便恼羞成怒，让女生放学后在校门口等他。

那个学长，我们是认识的，人长得牛高马大，脾气也不太好，同学们都不敢得罪他。

女生很害怕，大家也不知道怎么办，慢慢地把视线落在他身上。

他挺身而出，满不在乎地说：“没事，放学后我送你出去。”

他平时油嘴滑舌惯了，看着就像个不靠谱的人，可是女生不敢告诉老师，只能选择听他的。

放学后，他大摇大摆地走在前面，女生则小心翼翼地跟在后面。

离校门口越近，两个人的步子就放得越慢。大野转过头对女生说：“你不要怕，要不要我给你讲个笑话。”

女生说：“又是小企鹅那个？”

大野点点头，女生又说：“不能换一个吗，这个一点都不好笑，听完后好心酸。”

“心酸？”

● ● ●

女生点点头，说：“小企鹅付出了那么多，北极熊也不领情，可见有些事无法强求。他不想跟你玩，就是怎么都不会想跟你玩了。”

大野虽然很搞笑，但是他在学校并没有朋友。

女生说完觉得不太好，不再开口，他也没吭声，两个人之间的气氛突然变得有些尴尬。

等了很久，那个学长也没有来，不知是不是被什么事耽误了。天色渐渐暗下来，他们决定走了。

女生临走时说：“虽然你讲的笑话一点都不好笑，但是你挺身而出的样子像个英雄。”

大野落寞的眼睛，突然绽放出光芒。

现在，翻开大野的朋友圈，依然是各种在网上找的冷笑话。我往往点个赞就离开，深藏功与名。

虽然这些笑话依然不好笑。

可就像麻辣烫这个东西，你明知道那红红的汤底看起来很是可疑，却还是常常忍不住过来吃。

这不就是我们的时代吗，明知道很多事情挺糟糕，却还是努力让自己活得快乐一些。

这是矫情的时代，也是最好的时代。

♡ ◯ ↱

我的少女时代

文 / 小锅

前几天刷微博，看见韩庚和沈昌珉的合影，我眼含热泪，把照片发给曾经的大学室友看——

“快看，我们少女时期的男神多年后再次合体了！

“啧啧，我家昌珉哥哥还是很帅呀，只是脸好像有点不一样了。

“不过也正常，毕竟年纪上来了嘛！我理解的！”

我噼里啪啦发了一长段话过去，独自沉浸在自我感动的氛围中。

一分钟后，室友冷漠地回复我：“你看仔细，这个是金在中。”

我：“好吧。”

我的好友群里有个传统保留节目，大家聊着聊着会突然开始发对方的老照片，差不多都是学生时期的黑历史。

比如，骨瘦如柴的丐胖，胸前别着一朵大红花，像个新郎。他说，这是他初中的时候。

真没想到他初中就一脸沧桑。

比如，戴着牙套的朵爷。那个时候她还叫“牙套朵”，每次饭后都要像个中年大叔一样，慢悠悠地剔牙套。

最惨不忍睹的照片，还是我的。

我大学的时候，是个非主流少女。

顶着一个爆炸头，头上别一排五颜六色的发夹，涂着黑色的指甲油。整个人就是个行走的调色盘，却自以为走在潮流尖端。

那个时候，朵爷她们专业的摄影课开始了，她买了一个小小的胶片机，阳光正好的时候，我们就会在学校后面的徐特立公园里拍照。

她唯一的模特就是我，她还把所有的照片都洗出来了，珍藏在床底。

后来有一次搬家，我看见她拿出了那沓照片，直接就跪下了。当场发下毒誓，我会和她做一辈子的好朋友，珍惜她，爱护她，永远不说她坏话，求她快把这些照片打入冷宫，一辈子不要拿出来见人。

现在在微博上常常收到小读者的私信，问我要怎么学会化妆。

我想了想，我开始学化妆，应该是大一的时候吧。

因为是传媒学校的关系，学校里来来往往的女生大部分都浓妆艳抹，令我心生向往，回寝室便下载了好多台湾的美妆节目，并跟着学。

一开始总会走弯路的。

我也画过毛毛虫一样的眉毛，眼屎一样闪闪发光的卧蚕，或者绿色的眼影，还为了粘好一只假睫毛在寝室里耗费了整整一天。

后来我开服装店卖衣服，周围的店主也是这样打扮的，导致我觉得画这种妆才是真正美少女该有的样子。

直到后来服装店倒闭，来这里当编辑。

本以为编辑部是那种人人都画着精致的妆、手里端着一杯星巴克谈工作的地方，结果来了一看——每个人都素面朝天，额头泛着油光。

这群不化妆的人，后来还给我画的妆取了一个名字，叫“妖姨妈妆”。

● ● ●

以至于很多跑来公司玩的读者，都特地来看我一眼，看看我的妆到底有多浓。

哎呀，其实说句公道话吧，我妆前妆后的差别，还真的蛮大的。

现在有个形容女孩子的词，叫“少女感”，它无关年龄和外表，只要你有一颗不想长大和变老的心，依然对世界抱有幻想，对未来充满好奇，从不缺乏活力。

少女这个词，本身就是自带柔光，闪闪发亮的呀。

旅行是为了更好的生活

文 / 小锅

前阵子收拾东西，翻出一张港澳通行证，签注早就过期了，却一次都没用过。

为了不让通行证和护照一样被雪藏，我决定用一次，去香港。

一个人出远门还是有点害怕，毕竟我这么貌美如花，于是约了许久没见面的小伙伴一起去，虽然这个大姐也没去过香港。

出发前一天，我在网上找了很多攻略，诸如哪里有好吃的，哪里值得去看一眼，哪里买化妆品比较划算……足足有十来页吧。

小伙伴看完攻略后，差点以为自己在做环球旅行。

后来，到了香港才一拍大腿，完了，那个攻略的文档忘记打印了，还在家里的电脑上。

算了，走到哪是哪吧。

在香港的那三天，由于我们俩都不太会看地图，走了很多冤枉路，所以每天步行两万步，稳居朋友圈步数排行榜第一名。

听说大熊也在香港，他甚是热情地邀请我见面。

第一天，我问他在哪儿，他说他在酒店的泳池边晒太阳，并发了一个酒店的定位过来。我偷偷地搜了一下酒店的名字和价格。

果然！在这里住一晚的价格都可以抵我那个酒店三晚了。

哼，万恶的有钱人。

不能输！

我立刻搜了下附近离我最近的五星级酒店，噔噔噔地跑到那个酒店大堂，气定神闲地给他发了定位。

大熊惊叹一声："听说这家酒店的海景房很不错，我都没订到房间，你拍一点照片给我看吧。"

我有点心虚，说："就一般般吧，回长沙请你看湘江。"

然后，我以两个酒店距离太远、天气太热不适合见面为由，毫不犹豫地拒绝了他。

第二天，他问我在哪里，我说在维多利亚港看游轮，他说好巧，他也在"看"游轮。

晚上的维多利亚港上几乎挤满了人，我在人群中来来回回找了很久，挤得满头大汗，还是没找到他。最后他说，他就在那艘游轮上面。

如果意念可以杀人又不犯法的话，他现在已经被我凌迟数千次了。

● ● ●

第三天一大早，他打电话过来，“嘿嘿嘿”地笑着说，他搬到“我的酒店”来住了，终于能见到面了，顺便请我和小伙伴吃饭赔罪。

我说我们还没起床，化妆收拾可能要等一个小时。

他说，没关系，他先去办入住手续。

一个小时后，我发信息给他，酒店一楼大堂见。

然后，没有然后了。因为，那天一大早我就已经退房了，他发信息过来的时候，我正在罗湖口岸排队过关回深圳。

言情组的微信群里，原本抱着八卦心态热情围观我们见面过程的大脸编辑们，最后冷淡地表示：你们俩今生无缘，“拆 CP”吧。

旅行一趟回来，整个人身心俱疲，大家一见面都热情问我——

“去迪士尼了吗？”

“没去。”

“海洋公园呢？”

“没去。”

“那你每天都在做什么？”

● ● ●

“逛街。”

我的眼神飘向那大包小包的化妆品们……

啊，这就是旅行最大的意义吧。

回来后，人变得更加努力工作了，不然哪有钱出去玩，更别说住五星级酒店的海景房。

是吧。

♡ ◯ ↱

十年饮冰，难凉热血

文 / 纪十年

很久以前，我写了人生中第一个短篇故事。

我一口气敲了两天键盘，投出去，意外地上了杂志——那时候用的名字就是纪十年。

很多人说我幸运，第一个故事就能过稿，第一个幻想就能出现在大家眼前。即使是今天，我再跟作者们说起这段经历时，他们也会赞一句，真是好运。

只有我知道，我的文字被人看到，用的不仅是运气。

我知道自己看完了多少篇短篇故事，写过多少阅读笔记，也知道在二十万的长篇稿子里反复挣扎是怎么样的无助。我有过这些并不光鲜的过去，才能一跃到读者面前，把自以为最好的文字双手奉上。

这就是写故事的迷人之处，有折磨，亦有快乐。

后来，我变成了一个看故事的人，亲手带过许许多多的作者。

有一天聊起某个故事，我跟朋友说，将原本差强人意的稿子改到过稿从中收获的幸福感，强烈到爆棚。

我有这种幸福感不是源于自己被肯定，也不是因为自己被需要，而是因为，透过时间与空间，我好像帮到曾经有些失落的自己——那个在作文课上被人嘲笑题材太烂，只敢低下头咬嘴唇的小姑娘。

我说这些，只想告诉每一个有梦想的读者，我们未必每个人生来都有天赋，未必每个人都有所擅长，但是，找对方向，愿意努力，这本身就是十分动人的事儿啊。

总有人会实现梦想，为什么不是你呢。

再后来，我经历了许许多多的事儿：我完成了硕士论文，研究生念到毕业，写的故事一个个出现在杂志上，有读者追到微博上说很喜欢我。这都是文字带给我的小确幸啊，每一个都不太宏大，但是足够精致。

有读者问我的名字有什么意义。

“纪十年”这个笔名蕴藏着我割舍不了的故事：十年前，我是自卑怯懦的小姑娘；十年前，我与人约定要成为闪闪发亮的人；十年前，我深深地喜欢过在操场上挥汗如雨的少年；十年前，我也像你这样，手捧杂志，心中有激动，也有快乐。然而十年后，我还记得当初执拗的姿态，还记得雪地里的承诺，还记得说起要成为闪闪发亮的人时，嘴角上扬的弧度，还记得曾经的白衣少年。

他们都还在啊，无论是理想，还是他。

它们依旧热血啊，不管是写出的文字，还是怦然心动的情怀。

有时候，我会怀疑这十年不过是一场梦而已，梦醒后，我依旧坐在操场边，身边有清瘦的少年与裙角飞扬的少女结伴走过。跑道尽头，运动过后的男孩子仰头喝完一整瓶的冰镇可乐。夕阳西下，他的侧脸好看得动人心魄。

如果这只是梦而已，我大概能够更勇敢地度过青春时光。

可是我很清楚，往日永远不会重现。

我羡慕每一个在教室里听课的你，羡慕你还有因为数学题而皱眉的机会，羡慕你的那些好朋友、你暗恋的男生和你还在一个班级，甚至只隔着一条走道的距离，羡慕你的人生才刚刚开始，羡慕那最美好的时光。

其实，我也只是羡慕十五岁，不够好，又不够勇敢，却和他们在一起的自己。

♡ ◯ ↱

富士山就在那里呀

文 / 纪十年

最近，我喜欢上了富士山。

因为这份喜欢，我才听懂林夕写的词：谁能凭爱意让富士山私有。

我的青春里也有过求而不得，不管是爱情、友情，还是理想。

那时候听陈奕迅唱《富士山下》，听了也就听了。

到后来，走出学校那座象牙塔，经历过酸涩难当、艰难辛苦、孤军奋斗后，才真正懂得，爱一个人就像爱富士山。

山就在那里，它巍峨壮阔，看起来高不可攀。你可以欣赏，可以走近，也可以仰视。也许你从未像现在这样深情过，也许这是你一生一期一会的感情，但是那又怎样。

富士山不是你的，它永远也不是你的。

你的喜欢既不能为它的绚丽增加一抹色彩，也不能为它的巍峨添砖加瓦。对它来说，你是芸芸众生里的一个，是无数仰慕者中的一个。

绝望吗？

可是还好，你永远都可以看着它。

因为没有得到过，你永远都是自由的，你可以选择继续一腔孤勇地仰慕，也可以选择掉头离去，寻找下一番美景。

这就是富士山式的爱情。

仔细想，你的深情，其实跟对方，跟所有人都没关系。你陷入自己的情绪里，因为他的举手投足小鹿乱撞，因为他的一个浅笑欢欣雀跃，也因为他的一个眼神少女心破碎。这多像一个段子：五月来了，又有很多人在微博上写，五月你好。可是啊，五月既不是善意的，也不是恶意的。它根本就不认识你，它是无意的。

我以前不懂。我常觉得自己很伟大，因为我青春里爱过的男孩子比谁都棒，是因为他才有了《小情劫》里周薄暮的人设。为什么我第一部会写俞绵绵跟周薄暮在一起呢？为什么偏偏是他？太多人问过这个问题了。

因为我不爱秦唐？不，不是的。

我比任何一个狠狠地说着要给我“寄刀片”的女孩子都爱秦唐。他肆意洒脱，他温柔缱绻，他是像月光一样的男孩子，看似温暖，实则对心上人之外的所有女孩子都冰冷至极。

那为什么第一部里，俞绵绵要跟周薄暮在一起？因为，那是我曾经的理想啊，那是曾经的执着。

我曾经认为，爱你的人，你爱的人，如果只能选一个人共度一生，那一定得选后者。

我跟不爱的人在一起过，他问：你喜欢我吗？我只能沉默。

他笑了笑说：没关系，你会喜欢我的。

某个纪念日，他抱着大束蔷薇等在宿舍楼下，他说：你记得今天是什么日子吗？我不记得了。

但是真可笑，我还记得遥远青春里，我爱过的那个人在球场上挥汗如雨的样子；我还记得他手握画笔在石膏上比画的样子；我记得他穿白色衬衫的样子。

那段恋情无疾而终了，因为我始终骗不了自己。也是从那段故事里我才发现，面对一个自己不爱的人多么辛苦。所以啊，我口口声声地说，如果可以，我要跟我爱的人度过一生一世。

后来长大了，也爱过那些始终未曾回头的人，大概，在那样的感情里跌得很惨吧。我放弃了最初的选择。所以，如果现在有人问我，你爱的人，爱你的人，你会选择谁。我会说，我不选。

因为我知道，这世界上爱和被爱，缺一不可。

♡ ◯ ↱

需要人陪

文 / 纪十年

十几岁，渴望爱情，想跟喜欢的人在一起，看星星，看月亮，去更美、更远的地方。

二十几岁，一样喜欢星空与月光，想去冒险，想去见识更广博的天地，却发现，并非一定要有人陪——是我们天生喜欢孤独吗？是天生热爱远离人群，一个人静默地生活？

不，不是的。

我们也幻想成为派对女王，我们也想闪闪发亮，我们也期待过，有一个人走进我们的生活，在他日突发意外、孤立无援时，我们背后不至于空无一人。

也许十几岁，那个人来过又走了；二十几岁，我们以为是他，结果也不是他。

不是没有唏嘘过，但除了唏嘘，我们也无从选择。

午夜梦回，怅然若失吗？

我们大步向前走，逢人便说不将就，说不遗憾是假的：遗憾大千世界，七十亿人里，我们至今都未找到一个分享电影心得的人。

林夕说，许多人的孤独，找到一起观影的人就能解决；而他的孤独，必须找到一个人，观影之后谈天说地。我甚至都能想象出那样的画面，不需美酒佳肴，不需浪漫景致，哪怕对那个人本身，也是没有条条框框的。他只需要是他就好；而我，也只需要做自己。

可是更多的时候，我们看一场电影，旁边的人大口咀嚼爆米花，跟你剧透，在最精彩的片段打断你，甚至于，你感慨于《泰坦尼克号》里 Rose 将海洋之星沉入水底，而他摸着下巴感慨，这么贵重的珠宝丢了真可惜。

慢慢地，我们明白了，错的不是爆米花，不是剧透，也不是对一颗珠宝的惋惜，错的不是他，也不是你，错的是你们在不合时宜的时间，以不合时宜的身份看了一场不合时宜的电影。

是你不喜欢他，却依旧要与他在一起，因为你口口声声畏惧孤独。

经年之后，你会不会明白呢？茕茕孑立、形影相吊、自律自控是孤独，而欢闹人群里，你想找个人陪，不过是耐不住寂寞。

单身的人其实很难懂，为什么会有人一届一届地换伴侣，为什么三天两头追寻新鲜感，喜欢的人走马灯似的一个接着一个。单身久了的人，心中更易有执念，他们知道有人陪多好；同时也知道，陪伴在身边的人如果不是对的人，会有多累。

他们懒呀，不愿意应付，不乐意敷衍——这可能就是常人说的“赤子心肠”。

我身边的女孩子们，有的遇见了一个还不错的人，过着还不错的人生。她们也秀恩爱，也将约会的一幕幕发到网络，也为那个人洗手做羹汤；转背，她们也在挚友跟前大倒苦水，嫌弃对方生活粗糙。可是，日子还在继续，人前光鲜亮丽，人后苦楚几何默默咽回肚子里。

没有错吧？

每个人都有权利选择自己想要的人生，谁有资格评判对错。

没准，我们都是对的呢。

你走你的阳关道，时而炫耀，时而哭诉；我过我的独木桥，昂首挺胸，像大家说的那样，一个人像一支队伍。

生活原本就是这样吧，像女人脚底的高跟鞋，美则美矣，舒适与否，只有自己知道。

为何她会离开你

文 / 冬菇

某段时间我一直在想，如果在商场遇到前任要怎么办，我该穿哪一套衣服，该摆出如何趾高气扬的神情才能让他追悔莫及。其实我当时明白自己还未放下，也清楚自己还不甘心，所以才会这样绞尽脑汁去想一些根本没可能发生的事情，可我就是控制不住地去想。

时不时打开黑名单去看看他的头像和个人说明，其实早就已经不生气了，但还是要放在黑名单里，还特意把以前拉黑的人都移除了，只留下他一个人。

不过等我挨过失恋的低落期，我就会开始反思这段恋爱最终带给了自己什么，而这些是对我有利，还是不利的。

我大概是个比较清醒的成年人吧，谈恋爱只是为了开心，并不想要有什么负担，一旦察觉有负担就会立即离开。

因为我自私，怕负责任，看清楚自己的本质之后，我再也没有主动去开展一段恋爱了。如果非要谈，只跟和我差不多类型的男生谈。每一个最开始都会说，给我很多空间，然而大部分都会食言。

我不喜欢一个人，肯定是不会去开始恋爱的。只可惜我不会爱他人，我只知道怎么在不伤害他人的前提下，爱我自己。而男朋友对我来说，也不过是个能牵手接吻的陌生人而已，终日陪伴我的始终是我自己呀。

他们都自认为，恋爱了，就会属于彼此，却忘记了我们最开始的约定——绝不入侵对方的私人领域。

只不过，他们都把这些当作“矜持”，不管我用如何严肃的口吻。在这一刻，我们的恋爱思维就不在一个层面了。感觉在生活中，大部分姑娘对男朋友说的话，都会被归类为“作”“任性”“耍小性子”等等。

学不会聆听的男朋友，大部分还是会被留着过年的。可我偏不，我为什么要被他们归类为“作”？我就是不要，不是耍脾气，不是开玩笑。我是说真的，做不到就不要跟我开始呀，何必扮出一副迁就的模样。

大家都是成年人，何必要这样委屈自己。

所以我提出分手，就是不可能复合的分手。无论多么喜欢都好，一旦分手，所有联系方式都会拉黑，免得他有机会再找我说话，以为哄几句又能回到我身边。

我那么忙碌的一个人，实在没空从我赚钱发财的时间里抽出空当儿，听前任追忆往事。必然是因为现实过得不顺，才会追忆旧日时光。但不知道，会不会有人想过，你在念旧的时候，其实别人已经在争分夺秒往前奔了。

过去就是过去了，你再怎么呼天抢地，不是你的就不是你的。

追悔莫及，不如接受现实。

看过太多被对方忽视，还是坚持用爱感化的人了，为了恋爱那么不快乐，难道也是现代年轻人的乐趣之一吗。找适合的人，在一起，而不是因为缺人陪吃饭陪逛街就得去找对象，然后熟悉这种安逸之后，就委屈自己继续一段不快乐的感情。

你的时间也很宝贵，如果你非要浪费，那我无话可说。

♡ ◯ ↱

当夏天还是年轻的时候

文 / 冬菇

我从来没有讨厌过夏天，除了今年。

在我的老家，度过夏天最热的时段只要一把小吊扇就绰绰有余，以至于我们小区装空调的寥寥无几。台风余威尚在的时候，天气就像秋天那样凉爽，这就是居住在沿海地区的惬意之处。

上次暑假我回家，天气凉快得很，晚上都要盖被子，早上起来空气都是凉凉的。我约上几个好友骑车去吃肠粉，再到谁家的果园里摘龙眼。

家里的夏天，一点都没有变。而今年是我在湖南第一次真实地经历一个七月份的伏天。

从我决定留在长沙开始，那些离开长沙去广州、深圳打拼的室友纷纷发来微信，要我坚强地活下去。

一开始我自然没有多作理会，还笑着反驳，大城市的热岛效应有你们受的。

加之我搬家那段时间正值萧敬腾在长沙开演唱会，天天下雨，好不凉快。房东和我说房子没有空调，我大手一挥，说没关系。

我搬家进去的第二周，长沙正式进入最热的时段。这才明白室友们叫我坚强活下去的原因：长沙这地方，热啊！

将近四十度的高温！猛烈的大太阳如同一个巨大的烤炉，从文火到大火二十四小时不停歇地煮着这个城市里的所有人。打着伞从太阳底下经过，皮肤如同被烈火灼伤一般疼，走在路上都能听到有人小声喊疼。

我也是第一次明白，没有空调彻夜难眠这个硬道理。整整两周，我热到没办法睡觉，半夜起来狂喝水。夜里开了两个风扇的我一边看恐怖片，一边喷花露水降温，不等到毛骨悚然的镜头是降不了温的，然而悲伤的是看完恐怖镜头，我失眠了！

好几个晚上我捧着一盆水在屋子里面洒，吓得对面楼的阿姨以为我在作法。第二天在路上看到我还神秘兮兮地给了我一道符。那段时间，我的房间基本上就是水漫金山寺的状态。

自此，一天中最幸福的那几个小时，是在办公室的时候，就连催稿时的一呼一吸都变得美妙起来。无他，仅仅是为了办公室的空调我也要爬过来上班啊！

下班时我是极不情愿的，拖拖拉拉把明天的事情都做了一些才回去。

我回到家的第一件事就是在客厅的沙发上“葛优瘫”，开着吊扇，打开优酷看那些有雪景的韩剧，大段大段的剧情都掠过，只看雪景，把一天最热的傍晚熬过之后便去洗澡，然后下楼吃西瓜。

也就这个时候，才有点夏天的味道，其余的时间那就是个火炉，让人倍感煎熬。

以前的夏天不是这样子的。

在“厄尔尼诺现象”这个词还只存在于报纸、广播中的时候，夏天是一个你可能不会喜欢的季节。但不可否认，夏天是故事发生最多的季节。

后来，夏天不再年轻，像个脾气火爆的中年人，它被生活折磨得愤懑不已，刚毅坚强到不肯掉眼泪，才成了我们今天看到的样子。

朋友同我讲：“既然那么热，为什么不离开？”

我当时在吃臭豆腐，便一边开玩笑地说：“为了臭豆腐我也不能走！”

一边在心里认真地思考起这个问题来——嗯，还是为了臭豆腐。

AI WO
QING JU SHOU
要知道，这个世界上，
你最珍贵。

魅丽文化
飞言情工作室

上架建议：青春文学／畅销
ISBN 978-7-5594-0301-8
9 787559 403018 >
定价：39.00元